現代女性作家読本 ⑨

山田詠美

AMY YAMADA

原 善 編

鼎書房

はじめに

二〇〇一年に、中国で、日本と中国の現代作家各十人ずつを収めた『中日女作家新作大系』（中国文聯出版）全二十巻が刊行されました。その日本方陣（日本側のシリーズ）に収められた十人の作家は、いずれも現代の日本を代表する作家であり、卒業論文などの対象にもなりつつありますが、同時代の、しかも旺盛な活躍を続けている作家であるが故に、その論評が纏められるようなことはなかなかありません。

そこで、日本方陣の日本側編集委員を務めた五人は、たとえ小さくとも、彼女たちを対象にした論考の最初の集成となるような本を纏めてみようと、現代女性作家の読本シリーズを企画した次第です。

短い論稿ということでかえって書きにくい依頼にお応えいただいた、シリーズ全体では延べ三〇〇人を超える執筆者の皆様に感謝申し上げるとともに、企画から刊行まで時間がかかってしまったこともあって、早くから稿をお寄せいただいた方に大変ご迷惑をおかけしてしまいましたことをお詫び申し上げます。

『中日女作家新作大系』に付された解説を再録した他は、すべて書き下ろしで構成していることに加え、若手の研究者にも多数参加して貰うことで、柔軟で刺激的な論稿を集められた本シリーズが、対象の当該女性作家研究にとどまらず、現代文学研究全体への新たな地平を切り拓くことの一助になれればと願っております。

現代女性作家読本編者一同

目次

目次

山田詠美

山田詠美の文学世界

楊　偉

中国の読者にとって、山田詠美はまだあまり知られていない名前かもしれない。私の知っているかぎりでは、今回彼女の作品が中国に紹介されたのは（台湾を別として）中国への初登場になると言える。しかし、日本においては、彼女はもはや現代日本女性作家をリードする存在の一人に数えられている。一九八五年に文壇を騒がせた「ベッドタイムアイズ」を発表して以来、毎年のように数冊の文学作品を世に送り続けてきたのみならず、その多くは文壇の重要な文学賞を受賞している。彼女は今、日本の女性作家の中で最も論議を呼んでいる作家であり、最も才能に恵まれた作家の一人と見られているようである。

山田詠美の本名は山田双葉で、一九五九年、東京都板橋区に生まれ、父親の転勤に伴って中学時代までを札幌、金沢、静岡と転々とし、高校時代から宇都宮に移った。小学生の頃から太宰治や夏目漱石を数多く読んだ彼女は、高校時代に文芸部に所属し、サガン、ボールドウィン、デュラスなどの外国文学も耽読していた。一九七七年に明治大学文学部日本文学科に入学、在学中に大学の漫画研究会に参加し、山田双葉の名前で数多くの漫画作品を発表していたことがある。一九八一年に大学を中退した後は、漫画を書き続けながら、クラブなどでアルバイトをし、黒人男性との恋愛に夢中になっていた。彼女は、黒人男性の愛に対する貪欲さと執拗さが好きなのであり、一つの恋が終わると、キャンディを舐めるように心の中でそれをゆっくり味わい、それから小説に綴って出版するのだと述べている。『ソウル・ミュージック・ラバーズ・オンリー』の「あとがき」にも書いてあるように、一人の男を愛して、その恋を三十枚の小説に綴るのはすでに彼女の創作パターンとなっている。

一九八五年に彼女は、クラブ歌手の日本人女性キムと脱走中の黒人兵スプーンとの短い同棲生活を描いた小説「ベッドタイムアイズ」をもって文芸賞を受賞し、衝撃的なデビューを果たした。この小説に描かれているのは、彼女自身と黒人兵との性愛そのものである。彼女はこの黒人の恋人と彼の九歳の息子と、米軍基地の近くにある福生のアパートで同棲していた。そのほかにＳＭのモデルをしたり、映画に出たりしたこともあり、その後、こういう「実体験」を生かし、新しい小説を作り出していくのが彼女のやり方となった。彼女の小説は〈身体で作った小説〉と呼ばれ、また彼女自身も〈わたしの肉体の翻訳小説〉と言っているほどである。こういった作品の自伝的色彩をマスコミが大いに騒ぎ立て、彼女の私生活はスキャンダラスに取り上げられて話題となった。

しかし、彼女の知名度が益々高まってくると共に、一種の危機を孕んでしまったのも事実である。つまり彼女の作品における文学価値と独特な道徳観が見逃されて、アンモラルな作家と思われるまでに至ってしまった。少なくとも——今の中国の流行語を借りて言えば——另類《リィンレイ》（異端の）作家に属していると思われた。

一九八七年に山田詠美の「ソウル・ミュージック・ラバーズ・オンリー」は、日本の二大文学賞のひとつである直木賞に輝いた。実は日本文学振興会が選抜する段階では、彼女の作品は入選できず、選考委員の一人である五木寛之の選考委員特別推薦によって、初めて候補作品になれたのであるが、意外にも他の候補作品を打ち負かし、受賞することができた。もちろん、五木寛之の強い推薦のほかに、吉本隆明、江藤淳などの評論家、林真理子、田辺聖子などの女性作家も彼女の作品を大きく支持した。「ソウル・ミュージック・ラバーズ・オンリー」も、性愛流転中の男女の恋愛模様を描き、生き生きとした対話を生かした、文体の新鮮な作品であって、いわゆる五感総動員の小説である。しかし、直木賞という由緒ある文学賞が山田詠美のような大胆な小説家に授与されたことに対して、もちろん少なからぬ反対者が出てきたのも事実である。例えば、芥川賞受賞者の安岡章太郎は、これを文学界の堕落と商業化と非難した。

それと正反対に、同じ芥川賞受賞者である中上健次は山田詠美に次のように激賛の言葉を贈った。

言葉を切り裂くほどの肉体がなくて一篇の詩を成せる道理がない。この肉体の輝きを見よ。精神の漲りを見よ。醜く貧しい魂の時代は終ったのだ。詠美よ、おまえは新しい。オルフェらと戯れるおまえの固い張りつめた乳首は、新しい時の波がいまやってきたとはっきり証している。豊饒な尻の柔らかな線は、巷にあまた浮遊する干からび萎びた言葉は、醜く貧しい魂しか持ち合わせていない輩のせいだったと暴露している。詠美よ、何度も言う、おまえは新しい。美しい。

文学が肉体を持たなくなってから久しい。熱い血潮のうずまく柔肌の感触を忘れ、屹立する一等高い塔の力の横溢を忘れ、この数十年、作家らは死を待つ老人のような奴らばかりだった。齢が若くたって生血を吸い取られたように貧弱で、傍目を気にしてキョロキョロしている奴らばかりだった。のびのびやれ。大いにやれ。ゲートボールをやってる奴ら、お達者クラブにひっ込んでいる奴らの度胆を抜いてやれ。

直木賞をおまえはかっさらったが、これは直木賞の作家らが今も生きている証明以外のなにものでもない。いま芥川賞は不潔な感じがする。芥川賞はお達者クラブの会員選びのようで、ただ冷笑を送るしかない。

詠美、おまえはまったく正しい。美しい肉体に本物の文学が宿るのだ。一葉が、晶子が、かの子が、いまおまえと同い齢なら同じ事をやるだろう。芙美子なら激賞し、あげく嫉妬すらする。谷崎、川端、三島なら、当り前の事だ、おれと同じように頌文を書く。子宮が鳴る事も忘れ、産み出す事も忘れた文壇なぞ、おまえの腰の一振りで震え上る。（…）肉体の輝きがなくて何が言葉なものか。快楽にふけらないで何が文学か。醜く貧しい魂は、肉体も快楽も煩悶なのだという哲理に永遠に気づかない。（「美しい肉体に本物の文学が宿る」「平凡パンチ」87・8・13、20合併号）

指摘されたように、山田詠美の文学が主張しているのは精神に対する肉体の優位性である。これまでの文学と異なり、新しいのは、日本の伝統的な恋愛と断絶した、すなわち肉体からスタートする現代の恋愛のあり方を描いたことにある。一見、山田詠美は伝統的なロマンチッククラブ・イデオロギーの破壊者に見えたが、実は彼女が示したのは恋愛があってから性交へ進んでも良いとするロマンチッククラブ・イデオロギーとは別の、つまりセックスによって恋愛が始まり、それが深まって純愛にさえなることがあるという主張である。山田詠美の世界では人間同士の関係性を抜きにしたら、小説は決して成り立たない。とくに、それは男女の間に、基本的には性的関係として現れているゆえに、精神と肉体とは分かちがたく大量の性愛描写が生まれてくるのも当たり前のことであるという終始一貫の強い信念がある。

例えば、彼女のデビュー作である「ベッドタイムアイズ」は、クラブ歌手の日本人女性と脱走中のアメリカ黒人兵との、性愛から魂の愛に変わるプロセスを描いたものである。この小説は女性側の角度から男女の性愛、女性の性的欲望を赤裸々に描ききったという点で新しい性の地平を見せて、日本の近・現代文学において革命的な意味を持っているとさえ言えよう。彼女の小説は女性の恋愛や結婚に対する意識を問い、挑発したのみならず、性において、女性は慎ましく受身の存在と高を括っていた男性の思い込みをも打ち崩した。山田詠美の主張している「いい男」とは饒舌に頭で生きているのではなく、肉体で語る男、つまり動物的な魅力を発散しているソウルフルな男のことである。まさに日本の評論家川村湊の指摘があったように、〈これまで「精神」の側に属しているると思われていたことを「肉体」の側の言葉に翻訳してみせ、そうした「精神」と「肉体」、「心」と「体」の関係を逆転させてみせようとした〉のが彼女の創作姿勢ではなかろうか。彼女の目には、〈「心」や「精神」といった曖昧で、取り扱いにくいものより、「体」の関係、求め合う肉体の欲望同士の関わりのほうが、いっそ清潔で、純粋な〉ものとして映っている。彼女の小説からいつもこんな主張が聞こえてくる。「精神」はなんと不自由で、欲張りで嫉妬深いものであろうか。〈そんな邪魔っけなものをほうり出して、「体」の中から「好き」とか「愛してる」とかいった言葉が出てくるならば、この世界の中の女と男の関係はもっとシンプルで、美しいものになるだろう。山田詠美の作品の根底に流れているのは、そんな男女関係についての〝思想〟なのである〉（「〝魂〟としての背骨」『ジェシーの背骨』河出文庫、87・8）。山田詠美自身が意識したか否かにかかわらず、こうした、体の底から自然に「好き」とか「愛している」などの言葉が出てくる関係にこそ、現代社会へのメッセージが含まれている。つまり、現代女性作家たちが自由や自立や知性獲得のために家族や夫婦といった男女の関係性を敢えて解体し、時には生殖すら否定して、ニヒリズムに陥ったときに、産む性によって女の本能を丸ごと肯定し、女の産む性を復権させようとしている津島佑子に対して、山田詠美は性愛を通じて、すでに崩壊した男女関係を再建しようとしているのだ。「恋愛不要論」とか、「低温恋愛論」などが唱えられているこの時代に、「恋愛文学」の旗手である山田詠美の文学は確かに新たな問いかけをなしている。しかし、男女関係の再建といっても、決して一サイクル回って、また原点に戻るのではなく、新しい形での、男と女のもっと自由で、もっと自然な関係性を意味しているように思われる。こういう意味では、山田詠美の文学は知力優先の文明社会へのアンチテーゼでもあり、現代というポストモダンの時代に相応しい文学でもあると言えよう。

山田詠美のこのような命題は、その後の作品全般をも貫いているにとどまらず、次第に人種問題、性別問題を乗り越えた人間関係をいかに築くかという広い問題意識に拡大されていく。作品の舞台も、福生という狭い空間からアメリカ・ニューヨークのハーレムへ、また場所の特定されない日本の現実社会へと広まってきた。

山田詠美の小説には、「ベッドタイムアイズ」を代表とする、女性の視野から大胆に性愛を描いたものと、少女もしくは少年の揺れる感性、複雑かつデリケートな心理を描写対象としているものとの二大作品群がある。前者の系列に属している作品といえば、お互いに求めあいながらも傷つけあう男女の姿を描いた『指の戯れ』(86)、最初の書き下ろし長編小説『ハーレムワールド』(87)、アメリカ社会に生きるアメリカ人たちを主人公にした様々な恋愛の形を描いた直木賞受賞の短編集『ソウル・ミュージック・ラバーズ・オンリー』(87)、直木賞受賞までの人生を半自伝的に描いている『ひざまずいて足をお舐め』(88)、一九八九年にニューヨーク・ブロンクス出身のグレイグ・ダグラスと結婚後、二人の恋愛、結婚を背景とした小説『チューインガム』(90)、ニューヨークのアップタウンで同棲するココとリックの愛の葛藤を中心に、ココの友達の愛の風景を織り交ぜて展開させていく『トラッシュ』(91年、第三十回女流文学賞受賞)、ニューヨークを舞台に性や人種を超えた人間関係を模索する『アニマル・ロジック』(97年、第二十四回泉鏡花文学賞受賞)などが挙げられる。最新の長編小説『A2Z』(00年、読売文学賞受賞)もこの系列に属していて、出版社の編集者夏美と夫である一浩との夫婦関係、郵便局で働いている成生との愛人関係、また新進作家永山翔平との仕事関係を通して、男女関係における多様な可能性、及び夫婦関係、愛人関係、友人関係の理想的なあり方を追求しようとしている。この作品は作家の一貫したテーマの拡張と作家自身の成熟を表しているように思われる。

少年少女小説に属している作品には、鋭敏な感受性を持つ少年の残酷な求愛の形としての反抗を描いた『ジェシーの背骨』（86）、早熟な女友達との葛藤（一種の同性愛）から異性愛への旅立ちを通して、少女から女へという決定的な変身を遂げた季節を描いた『蝶々の纏足』（87年、第六回日本文芸大賞女流文学賞受賞）、転校先で苛めに遭って、自殺を思いながらも、家族への責任を意識したことによって、自殺を放棄した、鋭敏な自意識と他者への洞察力を持つ少女の心理を描いた『風葬の教室』（88年、第十七回平林たい子賞受賞）、子供の鋭い感性と、その感性に傷つきながらも精神的な成長を遂げた一種のイニシエーションのようなものを描いた短編集『晩年の子供』（91）、性に目覚め、熱い恋をし、大人として振舞う高校生を主人公にしている『放課後の音符』（89）と『ぼくは勉強ができない』（93）などがある。山田詠美はこれらの作品で子供時代から思春期にかけての揺れる感受性を描出し、閉鎖的な学校を日本社会の縮図として、少女漫画ふうな閉鎖世界を勇敢に打ち破り、学校という組織に象徴されている知性の重圧を正々堂々と拒んで見せる主人公を作り出している。日本の評論家栗坪良樹が指摘したように、既成の価値観や倫理観から逸脱した場所で、感情教育を遂げていくのがそういう主人公のあり様である（「「山田詠美」論―感情教育と〈私〉について」『〈解釈と鑑賞別冊〉女流作家の新流』至文堂、91・5）。もちろん、このような、既成の価値観に窒息する前に自由を勝ち取ろうとする積極的な姿勢は、男女関係を描く作品に出てくる主人公にも共通していると言えなくもない。

山田詠美の作品を簡単に振り返れば、彼女は女性の側から大胆に性愛を描いた作家として読者に強い印象を与えたが、少年少女の鋭敏な心理を描いた小説にもずば抜けた才能を見せたということが分かる。どちらも人との結びつきを重要視すると同時に、自分も自由に生きたいという願いを持っているものである。このような思想は近年の人種や性別を超えた結びつきを模索する小説にもつながっている。しかも、彼女の小説は常にひとつのメッセージを発信し、自己閉鎖の枠から抜け出して、勇敢に愛し、愛されるようにということを現代人の心に強く訴えている。かりに、この愛によって傷だらけにされても、愛を放棄してはいけない。だからこそ、彼女の作品の主人公たちはいずれも、「一生に一度の恋」のために自分自身と格闘するパワーの持ち主で、純粋な形で他者である男を享受している。言い換えれば、彼女は甘く苦しい「切ない」という美学を持った愛の欲望を貫いていこうとする純愛の使徒でもあり、また殉教者でもある。「他者」とのコミュニケーションをとることによって、世界を切り拓かねばならぬと覚悟する人にとっては、彼女の作品はすでにいわゆる「另類文学」のカテゴリーから脱出して、かなり広い問題意識を持つ文学になったのである。ちなみに少なからぬ評論家は、山田詠美が最も現代日本を代表できる作家の一人で、アンモラルな作家どころか、既成の価値観と倫理観を打ち破ったところに現代モラルを作ろうとしている作家であると見ている。

山田詠美の大量の作品から二〇万字を選び出して、本書（『中日女作家新作大系・日本方陣』）にまとめるのはなかなか難しいことである。色々迷った結果、デビュー作の「ベッドタイムアイズ」、最新作の「A2Z」、短編集『晩年の子供』の中の四篇、及び短編集『マグネット』の中の三篇を選ぶことにした。その理由としては「ベッドタイムアイズ」は誤解されやすい作品であるが、山田詠美文学の原点であると共に、彼女のユニークな思想の濫觴でもあるからだ。「A2Z」はといえば、彼女の最新作品であって、「ベッドタイムアイズ」のような切なさがなくても、案外成熟した趣とユーモアが漂い、人間関係の様々な姿を示してくれたのである。少年少女小説の傑作として、短編集『晩年の子供』を選んだが、その中の四篇はいずれも燦然と輝く珠玉の作品であって、山田詠美の文学にこんなに美しくて、ややセンチメンタルな少女世界があることに読者は驚かずにはいられないだろう。ある意味では、右に挙げた三つの作品によって、少女の詠美、青年の詠美、大人の詠美という風に、各時代の詠美が浮き彫りにされるであろう。短編集『マグネット』から選ばれた「マグネット」、「熱いジャズの焼き菓子」、「アイロン」はいずれも意趣のある作品である。特に「熱いジャズの焼き菓子」は太宰治の名作「ヴィヨンの妻」を連想させるものがあって（訳者自身の錯覚かもしれないが）、男女の愛情葛藤を描いていると同時に、これほどそれとなく罪意識を巧みに描出する作品はごく珍しいものなのではなかろうか。

最後に、訳者として言っておきたいが、山田詠美に関心を持ち始めたのは一九九三年であり、法政大学留学時、勝又浩先生のご講義と江孟萦という台湾の女子の推薦がきっかけであった。それから、山田詠美の作品を中国の読者に紹介するチャンスをずっと心待ちにしてきたが、今回の企画（『中日女作家新作大系・日本方陣』）のおかげで、その夢がやっと叶ったのである。

（北京大学教授）

付記

なお、本稿は、川村湊・唐月梅監修、原善・許金龍主編、与那覇恵子・清水良典・高根沢紀子・藤井久子・于栄勝・王中忱・笠家栄・楊偉編『中日女作家新作大系・日本方陣』（中国分聯出版社、01・9）全十巻のうち、『山田詠美集』の解説として付載された「山田詠美的文学世界」（原文中国語）を本人が日本語訳したものである。

『ベッドタイムアイズ』――身体感覚と社会性――

南　雄太

一九八五年度第二十二回文芸賞に輝き、同年の芥川賞候補ともなった山田詠美のデビュー作。在日米兵相手のジャズクラブで歌手をする主人公の〈私〉と、黒人脱走兵のひと時の恋愛を描く。〈私〉は勤め先のクラブで〈銀の匙をポケットに入れて持ち歩いている〉ことから皆に〈スプーン〉というニックネームで呼ばれているひとりの黒人脱走兵と知り合う。はじめて〈スプーン〉と視線が合った瞬間に、まるで〈何かにとり憑かれたように〉〈スプーン〉の虜となってしまった〈私〉は、〈スプーン〉を自分の部屋に匿うことにする。こうして〈スプーン〉と〈私〉の満たされた生活はスタートするのだが、〈私〉と〈スプーン〉の蜜月はなかば唐突に終わりを告げることとなる。ある日、〈私〉の部屋を訪れた日本の警察と米軍関係者によって〈スプーン〉が逮捕されてしまったのだ。どうやら〈スプーン〉は、米軍の機密情報を他国に売り渡そうとしていたらしい。〈スプーン〉が去ったあと、私のもとには、いつも彼が大切に持ち歩いていた〈銀の匙〉〈スプーン〉だけが残った。

今にして思えば、山田詠美がこの『ベッドタイムアイズ』を発表した一九八五年は日本経済が大きな転換点を迎えた年だった。この年、日本政府は先進五カ国蔵省・中央銀行総裁会議いわゆるG５（いまのG７）の席上で、「プラダ合意」と呼ばれる、安い円を背景に安価な日本製品が外国市場で猛威をふるうことを警戒した先進各国が打ち出した円高容認策を受け入れた。その後、この「プラダ合意」による円の沸騰を背景に日本人の海外渡航者数は急増し、逆に国内ではいままで手の届かなかった外国製品が割安で入手可能となり、経済大国日本という幻想がしだいに蔓延していくのだが、『ベッドタイムアイズ』における黒人の男を養う若い女という設定に、こうした当時の日本の経済的な状況の反映を見ることはある意味容易だろう。実際、島田雅彦は〈一ドルが一四〇円ぐらいになってくるでしょ。そうすると山田詠美が登場する。日本円さえあれば誰でもがエマニエル夫人になれるというね〉（『RyuBook　現代詩手帖特集版』90・9、思潮社）と対ドルレートと絡めて山田詠美登場の背景を語っているが、おそらく『ベッドタイムアイズ』に、日本経済の爛熟ぶりや、あるいは戦後の日米関係が逆転した姿を見て取とった読者も少なからずいたのではないか。

ただし、このような感想はあくまでも『ベッドタイムアイズ』の表面上の設定から受ける副次的なものであり、山田詠美が作中で描かれる〈私〉と〈スプーン〉の関係に、時代風俗の陰画や政治的な暗喩を意図的に重ねているというわけではないことは明記しておく必要があるだろう。むしろいま改めて『ベッドタイムアイズ』を読んで気づかされるのは、実際の作中で描かれる〈私〉と〈スプーン〉の関係からはこうした風俗的潮流を過度に意識した痕跡や政治性へと結びつく視点をほとんど読み取ることができないことだ。この点についてはすでに竹田青嗣や富岡幸一郎が書評や解説で指摘しており、例えば富岡は「器官の愉悦」（「海燕」86・10）のなかで、『ベッドタイムアイズ』を村上龍『限りなく透明に近いブルー』（76）と比較し、〈村上龍の作品背後には、米軍基地という巨大な空間があり、黒人兵も日本人リュウも、その空間の影の外には決して出ていないのにたいして、『ベッドタイムアイズ』の「私」は、基地という空間の影をほとんど意識することなく、スプーンとよばれる一人の黒人の男に女としてかかわっている〉と指摘している。言い換えれば、『限りなく透明に近いブルー』の主人公〈リュウ〉が日米間の力関係を投影するかたちでしか、自身と米兵の関係を捉えることができないでいたのに対して、『ベッドタイムアイズ』の〈私〉はそうした政治的な力学を意識することなく、より直接的で即物的な地平から黒人兵〈スプーン〉と関わっているということになるだろうか。

この富岡が指摘する村上龍と山田詠美の作品世界に見られる違いは、一見すれば両作品の作中時間（『限りなく透明に近いブルー』の作中時間は70年代前半であり、『ベッドタイムアイズ』は80年代中盤である）の背後に流れる政治意識の差異と捉えることもできるが、ことは単純に時代性のみへと還元されるべきではないだろう。ここで山田詠美にのみ焦点を絞って言えば、おそらくここには『ベッドタイムアイズ』の主人公であり語り手でもある〈私〉が、どのようなレヴェルのコミュニケーションにリアリティを感じる人物かという問題が大きく影響していると思われる。『ベッドタイムアイズ』の語り手〈私〉が、コミュニケーションツールとして言葉よりも自身の身体感覚を重視している人物であることはすでに多くの論者が指摘している。例えば浅田彰はその新潮文庫版解説（96）のなかで『ベッドタイムアイズ』の〈私〉は〈五感を総動員〉した〈生理的なコミュニケーション〉によって恋人と関わろうとしていると述べているが、作中に見られる〈目の前に存在するスプーン以外は私には愛せなかったから、彼の生い立ちや過去などはどうでもよかった〉といった〈私〉の言葉は、五感を通して体感できる「いまここ」こそを最優先する〈私〉のあり方を確認するものであると言えよう。物語の最後で〈スプーン〉は軍の機密漏洩を画策した疑いで逮捕され〈私〉のもとを去っていく。ここには政治によって引き裂かれる男女の姿がある。軍関係者であった〈スプーン〉はやはり政治的存在だったのだ。しかし、〈スプーン〉の計画に薄々気づき、やがてくる別れの予感に震えるときでさえ、〈私〉は〈私の傍にいて、私と一緒に微笑んだり怒ったり、メイクラブを常に出来る範囲にいる。それがなければ彼が死のうと生きようと同じ事だった〉として、自身のポリシーを頑なに守ろうとするのだ。

おそらく、このような身体の生理的感覚という原初的ともいえる物差しのみを頼りに〈スプーン〉との関係を築こうとする〈私〉の姿勢が、『ベッドタイムアイズ』から過度に風俗に傾斜した印象や政治的図式性を意識させる視点を剥奪し、この作品を純粋にひとりの男と女の物語として時代を超えて通用する恋愛小説の金字塔にしているのは疑い得ない。ただしここで付け加えれば、自身の身体感覚のみを信じるという〈私〉の態度は、ある意味で外部の社会的な規範に対する無関心と繋がっているという点では（だからこそ『ベッドタイムアイズ』には政治性に結びつく視点が欠落していたのだが）極めて「反社会的」だとも言えよう。私の周りで山田詠美の小説が、女性には支持されながらも、その反面男性には忌避されがちだったように見受けられたのは、もしかすると男性読者の多くが、山田詠美の描く社会的規範よりも自身の身体感覚を優先する女性像に、より根源的な意味での「反社会性」と自分にはない強さを見て取り、それに畏怖したからかもしれない（そういう意味では男は女よりも社会性に縛られていると言うことが可能なのかもしれない）。

しかし、よくよく考えてみれば〈そもそも、真の社会的関係は山田詠美のこだわるような生理的関係に裏打ちされてはじめて、確かな形で築かれていくのではなかったか〉（浅田彰、同前）。その意味で山田詠美が『ベッドタイムアイズ』で示したかった価値観は、世間や社会のまなざしによって規定されるコミュニケーションから、身体的な関係を軸に自己責任でなされるコミュニケーションへのシフトといったことだったのかもしれない。

ともあれ、このように社会的な価値観よりも自身の身体感覚を基点に恋人や家族などの人間関係を築こうとする女性像は、『ベッドタイムアイズ』と同じく黒人と日本人女性の恋愛をモチーフにした『指の戯れ』（86）、『ジェシーの背骨』（86）などの初期作品から、売れないバンドマンと家出少女の恋愛を描いた『姫君』（01）などの最近作にまで一貫して通低する山田詠美文学の特徴のひとつであると言えよう。

（専修大学人文研特別研究員）

『指の戯れ』――音という魔力――千田かをり

音は、男と女の出会いを媒介するものとして重要な役割を担う。たとえば、いわゆる王朝文学の色好みたちは、ふと耳にした琴や笛の音に心ひかれ、それを奏でる人をゆかしく思うようになる。また、映画「ピアノ・レッスン」では、エイダが無心に弾くピアノの音にジョージ・ベインズは心を動かされ、彼女を愛しはじめる。では山田詠美の「指の戯れ」における男と女、リロイ・ジョーンズとルイ子にとって音はいかなる意味をもっているのだろうか。まず、二人は次のように出会う。

リロイの部厚い唇やこげ茶の肌は悪くはなかったが、服装があまりに野暮だった。それ以上に、伸びかけた無精ひげや時々する、おどおどとした表情は彼を、その頃の私たちが嫌っていた「田舎者」に見せていた。

彼が席を立った時、私はT・ベイビーに話しかけた。

「何故彼は話をしないの」と私。

「南部訛りがひどいのさ」と、T・ベイビー。（中略）

私自身は南部のアクセントは好きだった。東北弁のようなずるずると引きずる発音の仕方は聴きとるのが困難だが、とても性的に私の皮膚を撫でるのだった。（中略）彼の南部訛りの英語が私の耳を突いた。私はたまらなくなってリロイの首を引き寄せて、彼に口づけた。

リロイは洗練された会話や身のこなしができるわけでもなければ粋な服装をしているわけでもなく、ルイ子たちが嫌う〈田舎者〉の部類に入る。そんな無粋なリロイにルイ子が思わず口づけをした理由が〈彼の南部訛りの英語が私の耳を突いた〉ということなら、この二人の出会いもまた音を媒介としたものといえるだろう。自分の聴覚を性的に刺激する南部訛りの発音をする男、という一点において、ルイ子はリロイを恋愛の対象として選んだのだ。かりにリロイが南部訛りのない、ただの野暮ったい男でしかなかったら、ルイ子は彼に多少の興味をもったにせよ、初めて出会った夜に性的な関係をむすぶことなどはおそらくなかっただろう。だとすれば、リロイの話す言葉が、ルイ子の聴覚を刺激する南部のアクセントであったことの意味は意外に大きい。後述するように、リロイの弾くピアノの音は二人の運命の歯車を大きくまわすことになるのだが、南部訛りのあるリロイの発音も、二人の人生が交差する一瞬に深くかかわっているのだ。

このようにルイ子とリロイの場合も、音――南部訛りの発音――を媒介として関係がむすばれる。のみならず、音は、この後、二人の関係のあり方に大きくかかわってくる。四章を境に、リロイがルイ子に絶対服従するという二人の関係が揺らぎはじめるが、そのきっかけとなるのがまさに音にかかわる出来事なのだ。

明け方、私が眠る前に彼の部屋に行こうと歩いていると、とうに閉ったバーから、聞き覚えのある旋律が流れている。（中略）彼は唸りながらピアノを叩き、けれど私には何という曲なのか、さっぱり解らない。彼の指は鍵盤からはみ出しそうに太くて、弾き方はとても不器用に思えた。けれど彼の奏でる音楽は私の足の方から肌を伝って登って来て、私は思わずリロイの腕にしがみついた。彼は斜め横に視線を移し、片目をつぶり私に笑いかけた。私は初めて彼に肩すかしを食わされたような気になった。（中略）尖った肘が大胆に跳ねて、私は今まで知らなかった彼の腕の筋肉を意識した。世の中に私と彼とピアノだけが存在していたら、私と彼の愛し方は逆になるかもしれないと、私は思った。

〈さっぱり解らない〉〈初めて〉〈今まで知らなかった〉といった言葉が示すように、この夜、ルイ子は未知の体験をする。リロイの奏でるピアノの音、それはルイ子に戦慄をおぼえさせる音であった。言っておくが、音そのものが耳障りだとか不気味だとかいうのではない。ピアノの音によってよびおこされる感覚——自己の優位性を揺るがす未知の感覚、二人の関係が変化することの予感——がルイ子を脅かすのだ。事実、この直後、ルイ子は何の抵抗も出来ずピアノの前でリロイに犯される。それはルイ子が主導権を失い、彼女の優位性が揺らぎはじめる瞬間にほかならない。我儘いっぱいに振る舞う支配者であったはずのルイ子を全く抗うことの出来ない状態にした、という意味で、リロイの弾くピアノの音は魔力をもっていたといえるだろう。そしてこの魔力はルイ子を執拗に呪縛しつづける。だから、この出来事の後に別れ、ジャズ・ピアニストとなったリロイと再会した時、二人の関係は逆転し、ルイ子はリロイに、あの音を奏でるリロイの指に、体だけでなく心までも支配される。

もちろん、ルイ子は、再び結ばれたリロイとの関係における自分の位置、すなわち軽蔑され傷めつけられる奴隷的な位置に好んで置かれているわけではなく、〈リロイに対する気持を持て余し弱り果て〉〈どうにかしなくては、といつも心をじたばたさせ〉ている。それなのにリロイとの関係を絶つことができない。〈粘り気のある甘い糸に絡まれてもが〉くルイ子の姿は、リロイのピアノの音がいかに強力な魔力をもっていたのかを物語る。しかし一度だけ、その魔力の呪縛から自由になる機会があった。

彼は突然頭を鍵盤に打ちつけ、死んだように動かなくなった。彼は汗も出ない程、絶望しているように見えた。

「どうしてなんだ」彼は呟いた。彼は「アンクルトムの小屋」のトプシィのように悲し気に見えた。Shit!

Shit! Shit!……

彼は何度も頭を打ちつけた。その度に不協和音が部屋に響いた。彼は鍵盤を涙で濡らしていた。

私は声が出なかった。リロイと再会して以来続いていた苦しい病から脱け出すのなら今だと、私は心の中で叫んでいた。（中略）私の心臓は外からでも解るかのように早く鳴っていた。私は体が強張り、指の一本すら動かせないまま、彼の背後で苦しい息をついていた。

ピアノを前にして何度も〈不協和音〉を響かせるリロイは、ルイ子の奴隷であった頃のように何の魔力も持っていない。ルイ子もそれを敏感に察知しながら、結局、リロイとの関係において再び優位にたつチャンスを逃してしまう。軽蔑され蹂躙されても、もはやルイ子はリロイの指がなくては存在できないのか。演奏者＝リロイ／鍵盤＝ルイ子、と一体化することによってしか自らの存在をたしかめるすべはないのか。リロイとルイ子の、闘いとでも呼びたいような関係をとおして描き出されているのは、言葉、思考、媚態、恋愛の手練手管などの入り込む余地のない、生きるか死ぬか、殺すか殺されるか、といったギリギリの状況にわが身を置くことによってしか得ることのできない生の感覚、自分自身が今たしかに存在しているという感覚であろう。音楽に興味をもってはいても実際に演奏をすることのないＤＣ――ルイ子の現在の男――はリロイになることはない。だから、リロイ亡き後のルイ子は〈指で揉みしだかれ、裸にされ蜜を吸い取られた花の屍〉でしかない。

王朝文学において男女の出会いを演出した雅びな音、「ピアノ・レッスン」においてベインズの心を動かした甘美な音は、「指の戯れ」においてはルイ子を支配しつくし、人間関係の深淵へと誘う、魔力をもった音として響いているのだ。

（東京家政大学非常勤講師）

『ジェシーの背骨』――ココの変身――安田倫子

一九八五（昭和60）年十二月、「ベッドタイムアイズ」でデビューし、第二十二回文芸賞を受賞。選考委員の江藤淳は、〈迫力と重量感を兼備〉し、〈今年日本で書かれたすべての小説のなかでも、やはり傑出している〉とした。さらに河野多惠子もまた、〈未踏の真実を的確に生みだし、本当の新しさを示〉していると絶賛した。翌年二月、「指の戯れ」と八月「ジェシーの背骨」を同じく「文芸」に発表。これらの作品は、芥川賞候補作となったが、二度とも、〈安直な結末〉や〈通俗に流れる〉と評され、落選した。このことに私は強い関心を持つ。なぜなら、江藤淳が〈よいものはよい〉、と評したのに対して、私小説の作家たちは、こぞって〈通俗〉〈安直〉と評したからである。〈その後作者が必ずしも積極的にそうした部分を改めようとしなかったように見える〉（「文芸春秋」86・9）ままに、〈通俗〉〈安直〉をものともせず、八七年二月発表の『ソウル・ミュージック・ラバーズ・オンリー』で第九十七回直木賞受賞。さらに同年三月から八八年五月「ひざまずいて足をお舐め」を「新潮45」に連載。八八年一月に「風葬の教室」を「文芸」に発表し、平林たい子賞受賞。このように山田詠美は現在も我が道を快進撃中である。

彼女が描き出す世界を四つに分類してみると、まず、日本人の若い女性と黒人男性のカップルの織りなす情愛の世界を描きだすもの。少年との心の交流を描くもの。学校（学園）を舞台としたもの。そして、九六年四月泉鏡花賞受賞の『アニマル・ロジック』、読売文学賞受賞の『A2Z』など、人間の性の源を見つめ直すような系列である。それぞれに全く傾向の違う作品であるにもかかわらず、さらに賛否両論もあるが、二〇〇四年十月現在、彼女の作品は次々と版を重ね、文庫にもなり、それがまた読者の支持を得ている。

たとえば、文庫解説の中で浅田彰は、彼女を〈希有のモラリスト〉と位置付けた上で、〈おそらく、五感のすべてにわたって人並みはずれて強力なセンサーを持つ作家は、薄味の料理のようであることが多い日本人同士の関係には飽きたらず、豊かなこくのある身体表現を通じて結ばれる黒人との濃密な関係を味わい尽くし描きつくそうとしている〉(『ベッドタイムアイズ・指の戯れ・ジェシーの背骨』新潮文庫、96・11)と評している。

さてここでは「少年もの」に分類されるであろう『ジェシーの背骨』について、〈恋愛を書きたいから、性を書く〉という作家と少年のかかわりというものは一体どのようなものであるのかを考えてみたい。九一年女流文学賞を受賞した長編『トラッシュ』も本作の続編と言えるものだが、『チューイングガム』(90・12)にも同じ名前の主人公ココが登場する。

作者がココという名前を登場させたのは、その名前が作者の最も愛する名前だからである。それは、ニックネームで使われるなら、ココ・シャネル(フランスのデザイナー名)などは周知であろうが、一般的にはまず、アフリカ大陸を基盤とする名前、もしくは東南アジアの島々の女性に付けられる代表的愛称である。作者は主人公に、パンチのきいたストレートな明るさを持ち、且つ黒人の恋人としてふさわしい名前を求めた。一般的な日本人のイメージからくる、「さくら」や「〇〇子」のような、古典的なネーミングはあえてパスしたのだ。これは生まれた国を問わない、新しいタイプの女性を誕生させたといえよう。風俗としてみれば、日本における、九〇年代以降の無国籍料理の隆盛と同じ雰囲気を持つ人間のはしり、と位置づけてもよいだろう。

そこから作品の時代性も見えてくる。この作品が書かれた八〇年代、日本はバブルといわれた時代だった。選挙では、マドンナ旋風というものもあった。経済成長の波に乗るということで、『L文学完全読本』（斎藤美奈子編　マガジンハウス、02・12）では、〈八〇年代初頭はバブル前夜に突入。街には素敵なモノやお洒落な空間が溢れ、人々の心はモノと金に走り、本当に欲しいモノが分からないから何でも欲しい〉ことになったことが指摘されている。〈八〇年代後半は特に、女性が企業戦士となり、男を学歴や収入で選ぶ時代だった。ボディコンにロングソバージュをなびかせて、イケイケ女はブラウン管に躍り出た。連ドラヒロインの登場〉である。そして〈林真理子や山田詠美の登場と時期を同じくするのは見逃せない事実〉とある。しかし、八〇年代は〈イケイケ〉の一方で、〈モラトリアム〉（小此木圭吾『モラトリアム人間を考える』中央公論社、82・8）という存在が話題となる。〈モラトリアム〉とはもともと経済用語の〈支払い猶予期間〉という意味からきている。ここから、就職もせず、おとなになるのを先送りして遊んでいるように見える若者のことを〈モラトリアム人間〉と呼ぶようになった。イケイケの疾走感と開放感の対極をなす存在として、〈モラトリアム世代〉もマスコミに大きくとりあげられた。現在、大きな社会問題となっている〈ニート〉（学校にも行かず、職にもつかず、外にもでない若者をさす）の前身である。

山田詠美の初期作品の女主人公達もこれらの例に違わない。ココもそうだ。週末はゆっくりできる仕事であることは、リックのところに泊まって、週明けに帰るという描写によって推測がつくが、二人の仕事には具体的に何一つ触れていない。ココの描写に必要なものは、気に入った男との楽しい過ごし方、ただそれだけしかない。まして、自分と男の間に介在する存在など、考えたこともないのだ。したがって、自分に反抗するばかりの「悪魔」に振り回されるココの姿は、かわいそうだが、一方では滑稽でもある。子育てをしている主婦の多くがココの事情を聞けば、あまりの初歩的段階でのつまずきに、苦笑するところだ。しかし、結婚生活もしてなく（他人との共同生活体験)、妊娠経験もなく(一〇ヵ月の準備期間)、保育士でもなく(専門教育)、恋だけに興味のある(自己中心)、身体的には性交可能で、精神的には若年願望を持つ娘が、ある日突然まったく別の生物と相対してしまったのだ。女性だからという理由だけで、誰にでも家事や育児ができるものではない。この作品はこのことを、読者に知らしめているのではないか。特に近い将来確実に自分の身に降りかかってくる問題を持つ娘たちに。

出て行こうとするココに、リックはあわてる。ジェシーに〈ココが嫌いなのか〉と聞く。ジェシーは〈マムが好き〉と答え、声をあげて泣く。ココはため息をつき、終わりを確信する。〈憎しみに覆われていたこの子どもの背骨は愛で出来ていた。そして、それは母親への報われない愛なのだ〉。自分はこの子の母親にはなれないと知る。〈彼は愛する事を知っていた。それをどんなに表現しようとしても、彼の心の厚い壁はそれをさせなかったのだ。彼の背骨はどれ程、疼《うず》いた事だろう〉。そして〈ココは男にふられた時のようなせつない思いだった〉。あきらめたココが彼らを置いて一歩外へ踏み出そうとした時、ジェシーは〈げ、ろと鼻血と獣の泣き声〉の中で〈僕は、——僕は、ココが好きなんだよう〉と言った。〈ココはその時、岩塩のぱりんと割れる音を聞いた〉のだった。

これで、ココは完全にこの親子に絡めとられてしまった。〈ぱりんと割れ〉たのはココの背骨のほうだ。そうなることが彼女の幸せに変わったから。このことによって、ココは百パーセントだった自分の時間を、今後一部、ゲロの掃除と他人のための料理作りに割く事になる。

(武蔵野大学サテライト教室講師)

『蝶々の纏足』――《アンチの姿勢》が醸し出す《愛》の形――馬場重行

山田詠美の小説を読むといつも一種の爽快感を覚える。それは、物語そのものが醸し出す独特の雰囲気によるところが大きいのだろうが、それだけではない。恐らくは、この作家が生来抱え持っているであろう現実や社会に対する《アンチの姿勢》に共感しているのだと思う。《アンチの姿勢》などというのは極めて曖昧な言い回しだが、山田詠美の小説には、単に反抗や抵抗といった表現では覆い尽くせない、体を張った《世界》への拒否の姿勢を感じてしまい、それを表すのに適当な言葉が見つからず敢えてそう言ってみたのである。何かの主張や異議申し立て、あるいは、自らの思想との軋轢のなかから繰り出される拒否感といったものとは微妙にズレた、持って生まれた嗅覚を働かせてのごく自然な形でのそうした姿勢が、山田詠美には生来身についているように思われてならない。

『蝶々の纏足』（河出書房新社、87・1）は、表層的には十六歳という、時代や状況に抗することを宿命付けられているかのような年齢の主人公を設定し、その主人公〈私〉＝瞳美の独白を通じて友情や性の課題への果敢な抵抗が語られているかのようである。しかし、この作品に備わった《アンチの姿勢》は、もっと奥深い問題をえぐり出してみせている。

十六にして、私、人生を知り尽くした。そんな筈、ないけど、とにかくそう思い込んだ。その時、私にとっての人生っていったい何だったのだろ。男に付随しているすべてのもの？　セックスやお酒や煙草や肉体にもたらされる甘い快楽なんかの、少し面倒臭くてもしておかなきゃならない十代の義務？　なんて馬鹿。私、何も知らない子供だった。けれど、人を憎むことは知っていた。それだけで、私は十六歳で人生を知る権利を与えられたのだと思う。

冒頭の瞳美の独白だが、これは、作品末尾まで読めば明らかなように今は十八歳になり、麦生という恋人とも別れ、〈人を憎むこと〉を徹底的に自分に植え込んだと思っていたえり子が、実は出会った五歳の時から既に瞳美を男に、自分を女に譬えて本当に愛してくれていたという事実をえり子の伯父の言葉から知った後での回想である。語られる物語世界が、全てを体験し、その意味するものに語りの今現在向き合っている瞳美のモノローグによって形成されている点に、この作品のポイントがある。読者は、瞳美の語りに乗って物語世界を辿っていくが、そこには、常に十八歳になった瞳美の自意識という下敷きが隠されていることに留意する必要があろう。先に引用した冒頭には続けて〈ああ、私、纏足をされているのだっけ〉〈私、心に纏足を飼っている〉ということばが記されている。本来は男の性愛の玩具として足を奇形にされることを意味する〈纏足〉が、ここではえり子という同性との《愛》の結果として〈心に飼〉われる形で語られている。語りの現在、瞳美はえり子から受けた〈纏足〉という《愛》の印をそのまま自らの裡に刻印したまま物語を語っていく。言い換えれば、『蝶々の纏足』の本文全体が、〈心〉に〈纏足〉を飼ったままの瞳美によって生成されているということである。〈蝶々〉という、軽やかで美しい昆虫が、〈纏足〉という奇形でしか表されないところに瞳美の受けた傷の深さが〈明確〉に示されている。

〈えり子に関する最初の記憶は五歳になったばかりの彼女の舐めるアイスクリームだった〉とあるが、初対面の時、自分の唾と混ぜ合わせたアイスクリームを食べさせたえり子の行為の意味を、瞳美は理解できないまま成長していく。〈硬く凍っていたそれは見る間に柔らかく溶け粘り気のある液体に変わっていく〉という唾とアイスクリームを混ぜた状態の描写には、それを無理に食べた瞳美が〈それはじわりと体に拡がり私の緊張を解きほぐ〉すという形で、個体から液体に変化する過程が自らの内面の変化の象徴でもあったことが語られている。この時の変化の意味するものこそが、この物語を語る瞳美の必然性を生んでいる。五歳からずっと影のように共にあって、いつも自分を利用し〈彼女にとって、私が単語を彼女よりひとつ覚えたということですら我慢がならなかったのだ〉とされるえり子こそは、実は瞳美が大人になるために必要としたもう一人の自画像であった。

八歳の時に瞳美は男の子を好きになる。それは〈あの髪に触れたい、あの頬を撫でたい、というような肉体的な欲望を感じ〉るものであった。十六歳になって麦生と初めての性を体験する場合も、〈素足〉や〈爪の大きさ〉といった肉体そのものに瞳美は惹かれていく。詠美作品にしばしば描かれるフェティシズムであるが、それは単なる性癖を意味しない。瞳美にとって価値ある異性とは、純粋に肉体そのものであってそれ以外ではないことの強調である。瞳美のそうした人間性を育んだものが、既に述べたように幼い頃から絶えず発信され続けてきたえり子の強い《愛》にあったことは改めて言うまでもないだろう。瞳美は自己の欲望に極めて忠実だが、その忠実さとは、えり子の影が増幅させてきた肥大化した自己像によって成り立っていたのである。〈あなたは私に選ばれたたった一人の人だった〉というえり子が瞳美に向かって発することばには、初対面の時から自分にとってかけがえのない存在としての瞳美を認識していたであろうえり子の、強靱な《愛》が渦巻いている。この《愛》の強さこそ、瞳美が全てを誤解し自己像を歪めさせていく源でもあった。それはちょうど〈大き過ぎるものを呑み込もうと〉して自身の腹を破れさせていた蛇に似ている。

瞳美は麦生とのセックスにおいてその体だけを求める。いわば肉体の器官と器官の結合だけが性愛の意味ででもあるかのように。それは、えり子の呪縛から逃れようとあがく瞳美にとっては必然的なあり方であった。異性を感情的な対象として受け止めるのではなく、純粋な肉体的欲望の消化装置と化してしまうこと。それこそは他人に広く愛され誰からも受け入れられるえり子には決して真似のできない《愛》の形であった。だがそれは、〈纏足〉に縛られた奇形な〈心〉が生みだしたものであり、本質的なものではなかった。十六の時に〈知り尽くした〉と思われた〈人生〉が、〈纏足〉されたままの〈人生〉であったことに瞳美が気づくのは物語の終末に至ってである。本当の〈人生〉、真の《愛》の形。そうしたものに瞳美が出会うまでに、どれほどの血を流し、傷つき内面を歪ませなくてはならなかったか。蛹から変身し軽やかに舞を踊るはずの〈蝶々〉が、〈纏足〉によってそれを封じられ、歪みのある《愛》しか生きられなかったという過酷な物語は、しかし他方で、読者の現実を直接撃つ力を秘めていよう。異性との《愛》、同性との《愛》、親や友情、そうした様々な《愛》のなかをわれわれは生きて大人になっていく。だが、そこで果たして本当の自己の欲望に忠実に生きる生を全うする者が果たして何人いるのだろう。自己像と信じているものが、実は他の力によって幻影として浮上した影絵のようなものに過ぎないという思いを抱いて、それでもなお《愛》を求めていくところに人の生の本当の形があるとこの作品は語っているように思われる。瞳美はフェティシズムという変態的な《愛》を生きたが、それがえり子の呪縛を解くには必要不可欠であった以上、良識からの指弾は瞳美にとって意味をなさない。

「蝶々の纏足」には、変態を含めた露わな性的欲望を素直に肯定することの意義を、明らかにしようとする語り手の《悪意》＝《毒素》が溢れている。そうした良識への《アンチの姿勢》が、この作品の爽快感を醸成している。

（山形県立米沢女子短期大学教授）

『ハーレムワールド』――関谷由美子

「ハーレムワールド」に次のような印象深い文章がある。

スタンはサユリへの愛情をとても素直に表現した。そして、それを性的な欲望に変える時、彼はとてつもない才能を発揮するのだった。指や舌や溜息や言葉などを駆使して。スタンにとってそれらは股間にある象徴的なものと同等、もしくはそれ以上の価値を持つのだった。

最も親密なコミュニケーションにおいて〈指や舌や溜息〉などの身体演技が〈言葉〉と同格の位置を与えられ、しかもそれらはインターコースそのもの以上の価値さえ持つのである。一九八〇年代半ば、颯爽と登場した山田詠美の小説の新らしさは、一つには、こうした《言葉以上におしゃべりな身体》を主張したことにある。そのため身体がいつも心を追い抜いてしまうゆえの切なさの余韻が読後に残されることになる。デビュー作の「ベッドタイムアイズ」「指の戯れ」「ジェシーの背骨」、直木賞を受賞した「ソウル・ミュージック・ラバーズ・オンリー」など、セクシーな黒人男性と女たちの快楽の冒険をモチーフとした作品群でとくにそれは際立つ。例えば「ソウル・ミュージック・ラバーズ・オンリー」の中の「MAMA USED TO SAY」は、魅惑的な継母ドロシーの出現にとまどう十七歳のブルースが、なじみの娼婦のアンジェラとうっかり間違えてドロシーと関係を持ってしまう話である。作者はブルースの混乱を次のように表現する。

彼らの体は、言葉よりも、はるかに多くのことを打ち明けていた。(略)彼は欲望の対象がアンジェラから、ドロシーに代わっても少しもひるまない自分の体に衝撃を受けていた。

心は身体の反応に完全に置き去りにされている。継母との情事という、思いもかけない状況の中で主人公は、若さや不幸や絶望の意味を身体を通じて〈のたうちまわって〉知ってゆくのだ。身体は心よりも饒舌で切ない。

一九八七年発表の「ハーレムワールド」においても、文学上のこの基本理念は揺らいでいない。作者は「あとがき」で〈私は小説を書く時、とても考えなしだ。ただ、手が勝手に動く。〉と自分の小説について自己言及的に宣言している。また〈この作品は男と女にとっての教則本〉とも述べており、男女の愛に関する、あるいは《自由》に関する山田流の《啓蒙》の意図が込められていることを示している。

ヒロインのサユリは、黒人の父と日本人の母との間の混血である。〈彼女は気が向くとティエンの部屋に姿を現しては、性的な関係を結びたがって駄々をこねる。〉という書き出しの一行が、サユリという、幼女とも大人ともつかぬヒロインの存在の仕方を明確に浮かび上がらせる。サユリは、純粋な無責任ともいうべき性格で、幾人もの男と付き合っている。ティエンはもう付き合い始めて二年にもなるのにサユリのことを〈何ひとつ知らない〉。またティエンは一度も自分の方からサユリを抱いたことはなく、抱くのはいつもサユリの方からなのである。

ふらりと彼の前に姿を現し、歌を口ずさみ口笛を鳴らして踊るように、彼の体と心の間をすり抜けてゆくサユリ。

男たちは〈皆、彼女の寵愛を受けようと躍起になってしまう〉。中年の外交官クラウスも、胸の薄い〈すべすべした足〉を持った〈恋人シンイチ〉も。行きつけの店〈J・トリック〉で、サユリが黒人のスタンと出会う処から物語は大きくうねりはじめる。たちまちサユリの虜になったスタンは、サユリへのプレゼントの金欲しさに、基地に停泊している航空母艦の中の銀行で、船員の金を横取りして逃走する。サユリはスタンをシンイチに匿わせることを思い付く。

「（略）彼は世間と折り合いが悪いのよ。現代のジャン・バルジャンとも言えるわ。」
「それに男同士で教養を深められると思うの。彼は、日本の文化を学ぶことができるし、あなたも英語を覚えられるし」

というのが、サユリの理屈である。相手次第で、自在に姿態を変えつつも、サユリが男たちに対して等しく、愛の関係における《調教師》の役割を担っていることは確かだ。サユリは、男たちの《教育》において容赦なく、男たちはしなやかなマゾヒストに変えられてゆくのである。シンイチは、サユリとデートする時、千ドルもした自慢のジャケットを着てサユリと一緒に歩くことをサユリへの愛の表現だと思い、性器の大きさで一喜一憂するような〈田舎者〉なのだが、サユリの目論見通り、サユリの胸を疼かせたセクシーなスタンから女の愛し方を、スタンへの劣等感と自己嫌悪による絶望の中から学んでゆくことになる。

「ハーレムワールド」は、高度資本主義社会における停滞した現世的世俗的な価値序列が、《ただの女の仮面を被った高貴な女》の寵愛を得ようと悲しい程の努力をする男たちのそれぞれの孤独を通じて転倒されてゆくプロセスが在日外国人社会という人工的社会のリアリティーに支えられて描かれる。核心にある構造は、私見によれば性産業におけるSMプレイなのだが、その核心を陰弊しつつ、SMプレイのゲーム性を、現実の中にファンタジー的要素としてしのび込ませることが、この小説の眼目といえよう。語り手は次のようにサユリの身体の絶対性を強調し、サユリが《活字に拠るお話》の中の作り物的なヒロインではないことをアピールしようとするのだが、それが強調されればされる程かえってこの小説のゲーム的な構造を、すなわち作り物性を暴露してしまっているように思われる。

彼女に、活字や、そこから作り出された物語は、まったく無縁のように思われた。彼女がスカートを蝶のように翻し、そこからこぼれる鱗粉のような肌の匂いの方がよほど、多くのことを物語っているからだ。

このような意味において《高貴な》サユリと、サユリの新しい男スタンが共有する最高の価値は《あらゆる快楽に対して貪欲であり》そして《ひとりの女のために腑抜けになる》ことだ。サユリによってそのような〈極上の男〉へと鍛え上げられてゆく男たちは、不幸で孤独なのだが、〈それがなかったら自分達がもっと不幸だということを知っている〉というわけである。

若く美しいサユリが〈自分以外の男を恋人に持つことを許すことのできない自分自身に愛想が尽き〉た外交官

のクラウスが、サユリに別離の意志を告げたことをきっかけに、サユリのハーレムは瓦解してゆく。スタンは逮捕される。するとシンイチは、いつしかスタンが自分の鏡になっており、鏡であるスタンがいなくてはサユリを愛することができなくなっている自分に気付く。男たちは立ち去ってしまった。〈幽霊のように〉やつれたサユリを、〈腹心〉のティエンが、〈至上の幸福〉の自覚のうちに受け止める、という結末である。男たちは皆、サユリが通過した後は〈サユリという熱を通された、おいしい死骸〉になるのだ、とテクストは語る。サユリから無傷で生還することはできない。

ではサユリはどのような生の条件においてこの世界の《女王》に擬せられているであろうか。サユリからは生活の匂いと過去がきれいに切り捨てられている。すなわちサユリの生の根拠というものは不明なのである。サユリが現在、一体どこで誰とどのような暮らしをしているのかは、読者に全く知らされず、また不思議なことに作中の男たちもサユリの生まれ育ちや帰属について知りたがる男はいない。男たちは目の前に前触れもなく現われるサユリの一憫一笑にひたすら囚われたがるだけである。デートする時、どのように連絡を取り合うのか、男たちがサユリの家に電話することはないのだろうか、などの疑問はこの小説では不必要なことらしい。ただサユリの母は日本人で、アフリカ系米国人の父親がサユリと母を捨てたらしいことがほのめかされているが、その母とどのように生きてきたのか、母は現在生きているのか死んでいるのかさえ不問に付せられている。サユリが現実に生きている人間としての自分自身の来歴を明かす言葉は、小説の末尾で、絶望したサユリがティエンに語る次の部分だけである。

「ママが父親に捨てられた時、私、絶対に捨てられる人間ではなく、捨てる人間になろうとしたわ。そして、選ばれる人間ではなく、選ぶ人間に。でも、もうだめ。」

つまりサユリは自分の生い立ちから支配欲以外には何も身に付けなかったと言うのである。そしてもし読者がこの小説に性産業のSMプレイ的構造を嗅ぎとってしまうとしたら、その因はやはりヒロインのこうした人形性・作り物性、言い換えれば記号性にある。しかしこのゲーム的世界を《自然化》するために作者は苦心している。その《自然化》に成功しないことには、サユリは《ただの女の仮面を被った高貴な女》からたちまち《高貴な女の仮面を被ったただの女》へ、すなわち男たちに女王様として楽しまれる、男制社会の餌食でしかなくなってしまうからだ。サユリは、スタンにとっては《天災》であり、ティエンには〈神の摂理〉であり、すなわちひたすら受け入れるべき〈自然〉である。だが、女を自然、女神、悪魔、など、男の思考の及ばぬ神秘的なものとしてカテゴライズし、それを楽しんで来たのは男たちなのだ。したがってサユリは男制社会に、いわば思想的に深く隷属している、と言えるのである。クラウスもスタンもシンイチも、サユリから特別〈腹心〉とみなされるティエンも、サユリに調教されサユリの《かわいがり方》を習得してゆくのであって、そこに習得の仕方の優劣はあっても、サユリが彼らのために予め準備された女であることに変りはなく、彼らがサユリという他者を見い出す水路は予め閉ざされている。女の神話化を支えているのは、男たちが支配する現在の政治と消費経済社会である。結末のサユリの孤独は、サユリがどれ程自由に存在しているように見えようとも、交換可能な《偽王》でしかなかったことを示している。劇画の世界から文字記号の世界に物語を奪還しようとした山田の批評性をそこに見ることができよう。

（成城大学短期大学部非常勤講師）

『ソウル・ミュージック・ラバーズ・オンリー』——清水良典

——愛し方の伝道者《プリーチャー》——

マーヴィン・ゲイの名曲「WHAT'S GOING ON」から始まる本書は、八曲のソウル・ミュージックのアンソロジーの体裁をとっている。同時に、短編の名手である山田詠美が腕前を発揮した短編小説のショーケースでもある。それらは、たんにビタースイーツな大人の恋愛小説として優れているだけではない。本書の「あとがき」に作家自身が記したように〈日本語を綺麗に扱える黒人女《シスター》は世の中で私だけなんだ〉という強烈な自負を宿した、日本語としての黒人世界創造の試みである。黒人文化との縁の深さをそれまでもたえず書き続けてきた山田自身の、そして日本文学における内実伴った〝国際化〟現象の、これは記念すべき作品である。

八編が奏でているのは、いずれも恋の苦しみと悲しみ、そして悦びのトーンである。いわゆる片思いの恋の苦しみ悲しみもそこには含まれるが、山田詠美の小説には、たんなる受身的・妄想的ロマンチック悲観主義の産物であるような片恋（↓失恋）という自意識に閉じこもったストーリーはほとんど見当たらない。恋はどこまでも男女が体ごと出会い、ぶつかり合うところから始まるという前提が、山田の小説には憲法の第一条のように刻まれているといっても過言ではあるまい。出会った二人に生じる奇蹟や魔法のような恋の作用。しかしそれが微妙なすれ違いや食い違いを含んでいる場合の悲喜劇に、山田の筆力は最大限に発揮される。この作品集でのその様相はさまざまだが、そこに共通したモチーフが読み取れる。それは一種の《教育》のプログラム、あるいは《学習》の階梯である。

『ぼくは勉強ができない』に端的に示されるように、山田詠美の文学世界は学校という学力競争の場に適合しない、いわゆる〝不良〟の側に立つことを基本コンセプトとしてきた。勉強ができず、教師には評価されない、しかし、こと恋愛とお洒落にかけては〝大人〟であるような男女が常にヒーローである世界である。成績が良いことよりも、スマートであり、クールであることが規範であるようなその世界は、じつは学力による階梯の差異化で成り立った世界と、異なる基準を持ちながら、じつはそっくりな構造を持っている。つまり勉強ができるかどうかで容赦なく差異化される代わりに、大人の恋ができるクールガイ、もしくはレディであるかどうかが峻厳に差異化される世界なのである。

この作品の場合は、成熟しているのが女性イヴァンの側であり、恋人を交通事故で喪った彼女を慰め続けるうちに恋をしてしまった友人ルーファスは、申し分なく〝いい人〟であり体を慰めもしているのだが、かつての恋人ソニーが彼女と結ばれていた魔法のような〈接着剤《グルウ》〉の状態を、どうしても理解できない。つまり、まだ女の愛し方を十分習得していない段階の男なのである。彼はこの落差を何とかして超えなければならない。

冒頭の「WHAT'S GOING ON」では、クラブ随一の魅力を誇るアイダにかつて振られた男ロドニーが、すっかり好い男に変身してクラブで再会する。昔の俗悪さは影を潜め、品よい黒いスーツを着こなした姿は、〈もうオレにも資格はある筈だ〉とうそぶく言葉に偽りなく見えたのだが、指輪をプレゼントする段になってサイズを調べておかなかったお間抜けさんであることが露呈する。十分と思えるだけ努力したのに画竜点睛を欠くという教育的ユーモアが、そこには発揮されている。

やはり時を隔てた再会が描かれているのが「GROOVE TONIGHT」だが、この作品には時差の悲しみが伴っている。粗雑な嫉妬心のあまり恋人デニスを殴ってしまったDJのカーティスは四年後、今では夫のいるデニスの前に〈すごく素敵な男〉になって現れる。二人は〈旧友のような節度を保ちながら〉再び距離をおいて会うようになるのだが、成長したカーティスには今度は苦い孤独と苦しみを知る。かつて〈アイス〉と仇名をつけられた彼は、ようやく酒をおいしいと思える大人の熱い心を持つに至ったのだ。時を経て成長がようやく訪れても、幸せを摑めるはずだったベストな時を取戻すことはできない。

二人の間の落差と時差が、もっとはっきりしたスレ違いの悲劇となるのが「黒い夜」だ。大学へ行っている婚約者を待つ〈私〉は週末ごとに男を漁っている。知り合ってお気に入りとなった長身の若い男ジョニーは、体の関係を続けるうちに初めて心からの恋を打ち明けて〈私〉を狼狽させる。手馴れた大人の恋の遊びのつもりが、火傷を負ってしまうのである。婚約者が帰ってきたあとジョニーからの呼び出しを断れなかった〈私〉は、ジョニーと車の中で激しく愛し合うが、その三日後彼は交通事故で死ぬ。

若く無知な獣のような青年が、振る舞いの美しさを身につけ愛する自信と愛される歓びを知っていく、という成長の神秘。それは常に先行者の時差を背負った視線に見守られる。すでに山田詠美の記念すべきデビュー作『ベッドタイム・アイズ』が、クラブ歌手キムは同棲し始めた横田基地の黒人兵スプーンから黒人女《シスター》らしい物言いや態度を教わり、また優しい先輩歌手の助言と薫陶を受けて成長していく物語だった。異文化の洗礼を教育的に施されていく過程が、そこにははっきりと描かれていた。

ほとんど山田詠美の文学とは、ひとつの〝学校〟なのだ。そこではセックス、言葉づかい、態度など、あらゆる面での学習が義務づけられ、成長ぶりが厳しくチェックされ審査される。みごと次第した者には恋の褒賞が与えられる。しかしそれは甘いだけではなく、愛する苦しみと悲しみを背負った大人の世界への入口でもある。このようなカリキュラムに若者が投げ込まれて格闘するさまを、読者は見守りつつ共に学んでいくことになる。

本書で成長の神秘を最も雄弁に物語っているのは「PRECIOUS PRECIOUS」だろう。ハイスクールで友人もなく無口で引っ込み思案な少年バリーは、妹や母にまで容貌を〈みっともなし《アグリー》〉とからかわれている。そんな好い所なしの彼が、パーティで出会ったジャニールゥに一目惚れして以来想いを募らせ、ある策略によって遂に彼女から電話を受けるのに成功する。自分のことなんか彼女は知らないと思い込んでいたバリーは電話で好い男ぶって口説き落とし、プロム・パーティで会う約束にこぎつける。そこから彼がおずおずとネクタイの締め方を母に聞いたことから〝変身〟が始まる。パーティの会場でジャニールゥからずっと前から知っていたと言われた彼は、混乱してバスルームへ行くがいつのまにか〈悪くない顔〉になっている自分を鏡の中に発見する。

醜いアヒルの子のように恋の時間を経て白鳥へと変身するこの物語には、性的な機会や魅力に恵まれていないと卑屈になっている全ての若者を、優しく導き励ます母や姉妹《シスター》のまなざしが働いている。山田詠美の恋の学校のカリキュラムは厳しいが、指導を受け持つ先行者は教師というより伝道者のように心優しい。

最後の作品「男が女を愛する時」で、恋のキューピットは芸術の神にも姿を変える。画家の〈私〉がマイアミのビーチでほんのひと時会って話しただけのウィリー・ロイが、ニューヨークの仕事場のアパートを訪ねてきて居すわってしまう。一度彼女を抱いて満足させたきり、彼は再び抱こうとしない。その不満に耐えながら制作に励んだ〈私〉が遂に作品が完成させたとき、この黒い美しい天使は去っていくのだ。途中で〈私〉の恋人がアパートを訪れてトラブルになりかけるところがある。夫婦を含めたステディな関係と自由奔放な恋とは両立しない。しかし恋のエネルギーを限りなく山田詠美は肯定する。それは逃れられない人生の階梯であり、成長と創造を司る神なのだ。その神への賛美歌が〈ソウル・ミュージック〉に他ならないのである。

（愛知淑徳大学教授）

『熱帯安楽椅子』――《唾棄》の関係論――中村邦生

ある会合の休憩時間、たまたま隣席になった気鋭の社会学者が、私の手にした本を覗き込みながら、「山田詠美の小説ですね。どんな話ですか?」と訊いてきた。苦手な種類の質問なのでぎごちなく要約することになった。――男との関係の失調から、ひとりの女性作家が熱帯の楽園・バリ島に行き、島の男との愛の快楽によって蘇生する転地療養の物語。

彼は「転地療養」という言葉に飛びついてきた。「風光明媚なリゾート地で療養生活を送る、かつての結核で典型的だった病と場所のロマン化の物語ですか? それ、呑気すぎません? イスラムのテロ事件の発生現場になったことで、バリ島イコール楽園という観光的な定式はもう成立し難いですよ、危険な紛争地帯のイメージが新たに加わりましたからね」。

「テロ事件」とか「紛争」とか口にしているが、彼がどれほど「呑気」と無縁なのかは定かでない。最初の頁を目で追いながら、さらにこう感想をもらした。「この書き出し、まいっちゃいますね。いきなり男の顔に、唾、吐きかけたりして。最後までこんな危ない感じの女の話なんですか?」。

私は「危ない感じの女」というナイーブ過ぎる表現の意味を問い返すよりも、冒頭の一行が彼に嫌悪を抱かせたことに興味をそそられた。

手始めに、男の顔に、唾を吐いた。そして、それから、私を取り巻くすべてのものに。

なるほど、男の読者ならば、いやおうなくテキストの異性的相貌を突き付けられるかもしれない。抑え難い激情の噴出で、いきなり男の顔に唾を吐きかける女。こうした気色の悪い振る舞いに及んだ女の話など願い下げというわけなのだろう。

ある作中人物が、テキスト的応答という当然の読みの了解を唐突に解除し、いきなりページを踏み越えてこちらに迫り、生身の人物のように神経に触る。むしろ彼は、こうした異性＝女との付き合いは受け入れ難いと正直に述べたに違いない。

言うまでもなく、『熱帯安楽椅子』にも〈事件〉は生々しく存在する。それはこの冒頭の文からすでに始まっている。すなわち、《唾棄》の関係論としての〈事件〉だ。山田詠美の小説の多くが官能の体液に満ちているとはいえ、とりわけ『熱帯安楽椅子』は、おびただしく〈唾液〉を分泌している小説であることに気づく。〈嫌悪と憂欝は、私を喉許まで蝕み、唾液と共に突然噴き出した。私は、それを抑えることが出来なかった。まるで、花粉に煩わされたくしゃみをそう出来ないように〉といった具合に。この〈嫌悪と憂欝〉の噴出の要因は何か、当然、読者としては気にかかる。

どうやら、ある男を本気で愛し、嫉妬に苦しんだことらしい。それは〈無頓着〉な〈安息の日々〉の喪失だ。〈愛し過ぎないことは人を安らかな気持にさせる〉のだから。そこでバリ島に脱出し、島の男ワヤンとの〈愛からでもなく肉欲からでもなく静かな糸でつながれた〉安楽な関係が始まる。

私はこれから唇を弛緩させることに時間を費やして行くだろう。半開きの口に流れ込むものはきっと皆甘い。唾液はきっと絶え間なく流れてそれらと同化して行くだろう。

唾棄すべき関係の痕跡を消すための性愛の日々が続く。そこでの唾液は愛の交歓の流れとなって止まることがない。〈私は快楽を愛することが出来る。そして、欲望を感じることが出来る。肌を擦り合せること、そして唾液を交歓させること〉。女はさらに言う、〈ワヤンは私の足を丁寧に床に降し、私を立たせて口づけた。彼の歯に塗られた椰子酒は、唾液で中和され私の口に静かに流れ込む。私は酔いを感じて目を開ける。ワヤンは私から唇を離す〉。嫌悪という感情に呪縛されない、快楽の時が過ぎて行く。〈私は自分の心地良さを彼に伝えたくて自分の唾液を枕に流して染みを作る〉と描かれるような情事の時間だ。

読者は女とワヤンとの〈唾液〉の〈交歓〉を追い続けるうちに、物語に微妙な転換が用意されていることに気づく。

女とワヤンの秘め事にいつも静かに寄り添っている聾唖の少年トニの存在だ。波乗りの好きな十五歳の少年は、あたかも〈快楽の証人〉のようにいつも二人を見つめている。ある日、ワインに酔った女が砂浜に気怠く横たわったとき、蟹に指を挟まれる小さな〈事件〉が起こる。

私の指から血が噴き出す。呆然とそれを見詰めている私に比べ、トニは素早く私の指を海水で洗い自分の口にくわえる。そして吸う。とても強く。彼は私の血を自分の唾液とともに吐き出す。

ここで吐き出された唾液は、物語冒頭の〈嫌悪と憂鬱〉による唾棄と対極にあるものだ。

少年は、午後の遅い時間、女を夕陽の海岸に案内する。沈んだばかり夕陽を吸い込んで砂浜は赤く染まって広がっている。

私はこの島の夕陽を知っていたが、夕陽の忘れものを知らなかった。波は砂を舐めて動き、転がる金の雫は夕暮れの闇に混じって藍色になる。金箔は足許ではかなくたゆたい、私は泣きたくなる。

少年の指差す夕景こそ、この物語の至福の絶頂を作っている。その悲痛なまでの美しさは、読者にとってもまた「事件」に等しい。秘密が明らかになる。これこそ、まだ幼い少年の〈彼自身の愛し方〉だったのだ。

日没の時が砂に生命を与える瞬間、私はその表情を顔にたたえてはいなかっただろうか。トニの指が導く太陽の名残りは私を悦楽のあまり涙ぐませはしなかっただろうか。彼はやってのけた。ワヤンと同じように、そして、まったく別のやり方で私に愛を伝えることを。

この愛の悦楽は〈唾液〉の〈交歓〉とはまったく別の姿を見せる。トニの手に引き寄せられた弾みで女は砂の上に倒れる。女は静かに少年を見上げ、〈たぶん彼の唇は私のそこに降りてくるだろう〉と思う。しかし唇は降りて来ない。

私の瞼に雨が降る。私は驚いて目を開ける。そして開いた目でトニの涙を受け止めてしまう。彼の涙は何度も私の瞳を打ち付け、私の視界はかすむ。空はこんなにも晴れているというのに。

帰りの飛行機の中、白ワインに酔いながら、女は隣席の乗客が心配するほど泣き続ける。読者はそこで、耳の聞こえない少年が危険な波の音に気づかず溺死したことを知らされる。帰宅すると袖の折り目に溜まっていた砂が足許に落ち、立ち尽くす。〈砂は私の耳にいつのまにか注ぎ込まれ、もう何も聞こえなくなる〉と、これが唾液を吐き出すことで開始された物語の結びである。快楽は涙によって贖われる。その遠い海辺の快楽の砂は、いま耳に注ぎ込むのだ。

（大東文化大学教授・作家）

ヤモリのいるアトリエ――異人種間恋愛譚としての「カンヴァスの柩」――

土屋　忍

山田詠美の小説が描くのは、衣食住に満ち足りた人間がおこなう贅沢で基本的な営みである。登場人物たちは、人生の快楽をよく知り情熱的な冷静さをもちあわせた知的な老若男女であり、語り手は、頭でっかちなオトナたちの神経を逆撫でするようなことを平気で口にしかねない人物である。男性作家たちがしたり顔で独占してきた「人生劇場」を睥睨しながら、「如何に生きるべきか」「如何に愛すべきか」という根本的かつ古典的な問いかけを、内に秘めつつ表現する文体を獲得した女性作家が山田詠美なのである。

彼女の小説には、そこに生息する男女が何らかの化学反応を起こす濃密な場所がある。より限定するならその場所は密室でありベッドの上であるわけだが、濃密な空気を作る背景には、学校の教室やホテルのように身近で公的な空間があり、八〇年代のディスコやSMクラブのように都市の非日常性を象徴する空間が存在する。もちろんそこは日本とは限らない。ニューヨークやパリといった米仏の大都市、あるいはタイのパタヤ、タヒチ（フランス領ポリネシア）、ジャマイカ（英連邦）、バリ（インドネシア）などの南のリゾートも彼女の作品の舞台になっている。「熱帯安楽椅子」に続いて「カンヴァスの柩」（「新潮」98・6）もまた、バリ島を舞台にしている。化学反応は、「カンヴァス」（画布及びシーツの意）の上で彩り鮮やかに展開される。バリをひとりで旅する日本人女性とアトリエで絵を描いて暮らす島の男性とが恋に落ちるという筋立ては、山田詠美らしい異人種間恋愛譚といってよいだろう。文学史上、日本人男性が海外に滞在し現地の女性と交渉をもつという恋愛譚、あるいは西洋人男性が日本に滞在し日本人女性と交渉をもつという恋愛譚は数多いが、日本人女性が海外に赴き現地の男性（とりわけ有色人種）と交渉をもつという設定の恋愛小説は、森三千代の「国違い」「帰去来」などごく限られた例しかなかった。一九八五年、「山田詠美」が写真週刊誌と文芸誌で華々しく登場したとき、そのプライベートとデビュー作の内容とが結び付けられてスキャンダラスに取り沙汰されたのは、日本人女性が自ら積極的に有色異人種の異性と親密になることを卑しいものとする偏見が日本にあったからである。山田詠美は、小説の上でもエッセイの上でもそうした偏見と闘ってきた。まだ「岩井志麻子」のいない時代に、ひとりで、しかもいわゆるフェミニズムやポストコロニアリズムとは別な場所から当たり前の反差別主義を貫いてきたのである。

「カンヴァスの棺」に登場する日本人女性ススと島の男ジャカは、ジャカの生活圏で公然の恋仲になる。そこにはふたりを分け隔てる外的要因があらかじめ示され、「異文化間コミュニケーション」であることが意識させられる。ススとジャカは、〈自分たちの母国語ではない英語で話す〉。また、ススのような〈旅行者〉は、〈よその国から来た人間〉としてジャカを動揺させもする。彼の愛する〈この島が貧しいと気づかせる〉存在だからだ。ふたりの間には、〈母国語〉と〈お金〉という決定的な差異が横たわっているのである。生まれ育った場所や環境、帰属する単位としての国家や社会は、個々人のおしゃべりや買い物の仕方にまで影を落とす。身に付けた言語（体系）の地政学的分布とふだんの買い物で使う貨幣の通貨としての為替レートは、決して固定的なものではないとはいえ個人の価値観や世界観に多大な影響を与える。そのことは、ススとジャカのように、生まれ育った場所が、かたや日本でかたやバリの場合にはよりはっきりと浮上する。ジャカには、ススの言う〈「もどかしい気持」というのがどのようなものかわからな〉い。〈彼はススのようなこまっしゃくれたおしゃべりがとても苦手〉である。ジャカの父親が息子の恋人であるススに片言の英語で話しかけても、欠けた歯の間ですうすう言うばかりで何を言っているのか彼女には理解できない。ススがおこなってきた経済活動は、ジャカたちに共有されることも共感されることもおそらくないだろう。ススにはジャカの故郷を訪れることが容易であるが、ジャカがススの故郷を訪れることは困難である。ジャカの家族となればなおさらである。

異人種間恋愛譚では一般に、はじめからふたりの間に聳え立つ強大な壁があり、それを乗り越えようとする愛の力が読む者の胸を打つ。だが、「愛は肌の色を越え国境を越える」式のロマンスは、前提としての差異のシステムを結果的に是認し温存し強調する面もあるため批判の対象にもなり得る。しかし、「異文化間コミュニケーション論」のテキストのように、自己と他者の差異を認めるところから関係性をスタートさせようとしたとしても、既存の言語共同体や貨幣経済圏による個人の感性や（無）意識への介入を回避することなど限りなく不可能に近い。問題になるのは愛の力で障壁を乗り越えるという物語のリアリティである。

現地での経験を通じてしか差異のシステムに敏感になれないのも、それに気づくや否や即座に乗り越えようとして気負うのも、いつか乗り越えられると高を括るのも、差異をつくりだす要因や構造に対する世間の無知に義憤を感じるのも、すべて訪問者＝相対的強者の側が示しがちな体質であり反応だと言えるだろう。〈確かに私は日本人だけれど、あんたといるときはただのあんたの女で、どこの国の人間かなどというのはどうだっていいことだ。あんたは私をあんたの女としてだけ扱うべきなのだ〉というススの言葉もジャカには共有されない。

ススは、〈自分たちだけの言葉を作り出せる〉し〈自分たち二人で作った世界の人間〉になれるのだという〈思いつき〉を口に出して〈満足〉する。しかしジャカは〈不安〉になる。また、ススはジャカに遠慮なく〈ねえ、お金持になりたくない？〉と問いかけるが、ジャカは〈お金はぼくを幸福にしないよ〉と答える。ススはなんとかして彼の気をひこうとして、林立する高層ビルディングの話を持ち出してみたり日本にも田んぼや森があると言ってみたりするが、ジャカはこの島で〈生まれたときと同じように死にたいんだよ〉と言って話を終わりにしてしまう。ススが旅行者らしい能天気さと開放的なふるまいでいるのに対してジャカは、観光地化されつつある島の地元民としての誇りや冷静さを失わずにいる。

彼女を「スス」（牛乳の意）と現地の言葉で呼ぶジャカは、毎日アトリエで絵を描く島の画家である。一方の〈ススはアル中のどうしようもない旅行者で、旅行者の唯一の長所である、お金をその土地に落とすということもしなかった〉が、〈旅行者の楽しみのために島の男を使うたぐいの女〉ではなかった。語り手は、アバズレなりのやり方で現地にコミットするススが〈ただの観光客ではない〉にせよ〈旅行者〉には違いないこと、観光客に媚びる必要のないジャカのような島民も旅行者の存在により相対的貧困を感じて劣等感に近い感情を抱かされ、自ら島に寄せる郷土愛の絶対性を揺るがされることについて語る。物語の上でススの眼目は、〈わたしのいい人〉であるジャカに〈ぼくのスス〉と言わせるように教育し、お互いがお互いの所有物になることで意識がつくる帰属領域を無化する（カンヴァスを柩とする）ことにある。しかし語り手はその不可能性を、現地の男性の内面を通して見つめている。（この点は『熱帯安楽椅子』との大きな相違点である）。

「カンヴァスの柩」では、〈私のジェイスン〉〈あたしのジェイスン〉と呼ばれる一匹のヤモリの存在をどのように捉えるのかが、解釈上の問題になるだろう。おそらくそれは、ふたりの間に横たわる感覚上のずれ、共有できない余剰のようなもの、どれだけ甘い時を過ごしても一体化できない何かを体現している。だからこそジャカには、彼の部屋にいる〈ススのジェイスン〉が見えない。実はジェイスンにこそこの異人種間恋愛譚のリアリティがあるのであり、バリという場所もまたヤモリが象徴しているのである。

（武蔵野大学専任講師）

「風葬の教室」——「檸檬」のような想像力／「伊豆の踊子」のような語り——

原　善

山田詠美の直木賞受賞後の第一作である「風葬の教室」（「文芸」88・春。河出書房新社、88・3）は、平林たい子賞を受賞したのみならず、実践報告的な教材研究も積み上げられ教材としての評価も高い、山田詠美の代表作の一つである。しかし研究の対象としては教材研究的な論稿の多さが支えている感が強く、さらにはそれも（それ自体は研究史的に画期だったとは言える一つの論を絶対化した流れの中での）偏向の強いものになっている。

〈〈人間〉らしい〈人間〉になるためのフェティシズムの誕生というパラドックスこそが、杏の欲望の自立、人間性の回復であった。〉（田中実「フェティシズムの誕生—『風葬の教室』」「解釈と鑑賞」91・8）とされたアッコの上履きへの杏の執着は、決して〈これをクラスに突き付け、クラス全体の「空気」、「雰囲気」を一変させた〉（田中実「「雪かき」に向けて」「日本文学」92・9）ことは無かったはずで、ただ杏の心の中でだけの出来事だったはずだ。が、以降〈「本能」としての食欲、睡眠欲ではなく、「アッコの汚れた上履き」への欲望こそが「人間」としての性欲である〉（増田正子「『風葬の教室』（山田詠美）を読む—少女「杏」の死と再生の物語—」「日本文学」95・6）と受け継がれるのみならず、〈家族とか風葬というものは、一般的に杏以外の人間でも実現可能なもの〉として、杏の〈読者が同調・感動できているという意味では〈共有〉できている、と言うべき〉フェティシズムを〈誰とも共有しえない杏独自の欲望であった〉（深谷純一「「風葬の教室」（山田詠美）を授業でよむ」「日本文学」93・4）とするような強引な論まで出てくる始末である。心の中で級友たちを殺していく〈風葬〉は、誰にでも〈実現可能〉ではないからこそ、標題にもなった、この小説に独自のものであるはずだ。それは刊行直後に〈少女は〈風葬〉という現実よりも強い想像力の翼で闘いに勝利を得ようとします。〉（樋口良純「『風葬の教室』」「月刊カドカワ」88・5）と紹介されていたとおり、〈そしてフェティシズムという幻視もその延長に位置づくところの〉まさしく想像力の問題なのである。謂わば〈檸檬〉を〈爆弾〉に見立てて、〈不吉な塊〉を消し去る梶井基次郎「檸檬」的なものなのだ。

だが「檸檬」にあっても現実は完全には変革されることはない。一見成長譚として〈「子ども」が何らかの通過儀礼を克服し成長する物語〉（増田正子前掲論）と読まれてもしまう「風葬の教室」だが、杏もまた「檸檬」の主人公同様に同じ状況の中にい続ける。それは、〈私が、そうやって先生を魅き付ければ魅き付ける程、一方では死んで行く誰かがいるのです。そして、そのことは、笑えることではありませんか？〉という杏の驕りが、それ以前のいじめを招いていたことと何ら変わらない傲慢さであることが、明かしていよう。

しかし成長がないというのは、もちろん、杏が〈私は、子供の世界に合わないのじゃないかなあ〉という形で思っているように、最初から大人なのだということでもない。なるほど杏の語彙は豊富だし、大人顔負けの穿ったものの見方をする。それゆえ〈こんな大人びた小学生なんかいるわけない。〉といった生徒の感想（白瀬浩司「山田詠美『風葬の教室』の授業をめぐって―高一国語・現代文―」「大谷中・高等学校研究紀要」93・12）が生まれてしまうのだが、彼女の子供らしさは随所に拾える。例えば、杏が〈いつもアッコに送〉った〈小さな紙切れに〉書いた〈メッセージ〉は、〈私は、何故かアッコに自分たちが共有している人生以外のものを知って欲しかった。〉という大袈裟な言葉とは裏腹に、〈たとえば、あの先生のストッキング破れてるよ、とか、わたし、今日、朝ごはんのトーストのみみを残して叱られちゃった、とか、そのようなもの〉であったとき、自ら〈それは、とても他愛のないことでした。〉と述べるような、子供っぽいものであるはずだ。

子供っぽさとはまた自己を対象化できない独善性のことでもある。〈「なによ、アッコ」／恵美子の声が聞こえます。／「文句ある？　見せたくって仕様がないんだから、いいじゃんねーえ」／そうよ、そうよ、と女の子たちが相槌を打つ声が聞こえます。私は、お花模様の中で、状況が変わるのを待ち続けました。どうやら、アッコが、女の子たちをにらみつけたみたいです。〉といった、アッコが本当に（杏が思っているように）杏のことを気遣っているかに見える部分もあるが、こうした箇所を唯一の例外として、他の、例えば〈女の子を守ってあげられなかった自分に困っているというような感じでした。〉という箇所や、〈彼は、私の髪は自分がいない時でも、きちんと編まれていると思っているだろうし、一日分見落してしまったリボンの色を想像して口惜しがっているかもしれないのです。〉といった箇所などは、〈これは杏が思っているだけでアッコ自身はいやがっていて、実はアッコにまで嫌われてしまったってことになりそうだ。〉とか、〈杏が唯一仲間だと思っていたアッコも、杏が勝手にそう思っていただけで、アッコはもしかしたら杏のことが嫌いだったかもしれない〉とかという、前掲白瀬論が紹介する、生徒からの鋭い指摘が示しているように、実は本当のところは分からないのである。

こうした独善性は作品の視点・語りの視座に関わる。〈『風葬の教室』は主人公杏が自分の経験を語るという文体で書かれて〉おり、〈いじめに至る経緯も、人物の描写も、全て杏の眼から見たもので〉あり、〈小説全部を杏が語っている以上、杏の眼を通して読み取っていかなければな〉らないという〈小説の語り手の存在〉（笠沙直子「『風葬の教室』実践報告」「潮流」（成安女子高等学校国語科）93・2）の問題だが、それは単に一人称小説における語り手〈私〉のフィルターを外さなければ真相が見えないということにとどまらない。語る〈私〉と語られる〈私〉の問題でもある。「風葬の教室」は、一見そう見えてしまうように、小学五年生の杏によって全てが語られたものでは決してないことは、〈アッコと呼ばれるその子は、本当の名前をあつひことというのだったと思います。〉といった回想的な語り方がされていることで明らかなはずだ。そして〈いじめるとかいじめられるのは両方に責任があるんだけど、それを子どもの目を使いながらもわりと冷静に全体を見ながら書いたのよね。〉（山田詠美「本人自身による全作品解説」「月刊カドカワ」91・10）と作者自らが解説していることでもわかるように、「風葬の教室」には小学五年生の杏という〈子どもの目〉と〈わりと冷静に全体を見〉ることのできる大人の目とが混在しているのであり、それが語られた杏を大人にも子供にも読ませてしまうのである。

例えば〈ママ、パパ、おねえちゃん。／先だつ不幸をお許し下さい。／杏は、人生には似合わない子です。〉という杏の書きかけの遺書で不孝を〈不幸〉と書き誤っているのは、〈まさか度々の文庫化の際にも作者が気づかない書き誤りでないのなら〉〈二行目の「先立つ不幸」という意味は、よく解りませんが、死ぬ時は誰もが、こう書くのだという知識ぐらいは、私にもあります。〉という杏の無知ぶりを暴く語りになっているとすべきなのである。踊子に子供を発見してカタルシスを得る主人公〈私〉も、実は自己対象化ができていないという意味で〈子供なんだ〉と言えた川端康成「伊豆の踊子」同様に、杏もまた〈子供なんだ〉と言える。〈自分が大人だと思っている分だけ子供のようにも見える（…）奇妙な小学生を荒けずりのままに生々と造型する作者の腕力〉（菊田均「世間を意識した奇妙な小学生」「週刊読書人」88・5・2）を褒めることも可能ではある。しかし、〈風葬〉でなくとも殺し方は色々あるなかで、同じような殺し方をする「蝉」（90・8『晩年の子供』所収）にあっては、主人公の真美は〈自分こそが、おなかを空っぽにして鳴き続ける蝉であった〉という自己発見をしている。「風葬の教室」においては、そのようには杏は自己対象化ができていないのであり、〈荒けずり〉でない〈奇妙〉でなくなる、しかも作品の中で成長する小学生への杏の成長は、「蝉」まで待たねばならないのである。（武蔵野大学教授）

『ひざまずいて足をお舐め』――舞台裏のロマンス――

小谷真理

『ひざまずいて足をお舐め』は、時として、女同士のロマンスの顔を見せる。それはなぜだろうか。

この小説では、SMクラブで働いている女性・忍が元同僚のちかという人物について語っている。いわば、女が女について語りおろす、という内容なのだ。

ちかは、SMクラブに務めながら文学新人賞を受賞したという経歴を持つ。

風俗世界というイメージから受ける肉体派の印象と、物書きというインテリジェンスの世界とは、まったくの別世界のように見える。一般的には、知と性は相反する要素で、前者は男性的な価値観を、後者は女性的な価値観に重ね合わされる。だからこそ、肉体としての「女性」が知性的でもありうることが、スキャンダルになるのだ。

そもそもSMの世界とは、単に異性愛的な性差観をそのまま映し出した性的関係性に重きをおいているわけではなく、加虐と被虐の権力関係をもてあそぶ一種のパワーゲームの場である。通常の風俗世界よりSM世界がスキャンダラスに映るのは、SM世界の約束事が性の規範たる異性愛的性差構造を逸脱しているためであろう。

さらに、著者自身の半自伝的小説と紹介されていることもあって、もうそれだけで充分色物として見られる資格を有していた。こうしたいくつかの前提によって、本書はスキャンダラスな印象を醸し出す。テクストのテーマ性とコンテクストとの関連性が覗き見的な仕掛けを作り出し、倫理的な規範を逸脱しているような感覚を読者に投げかけるのだ。

けれども、実際に読み進んでいると、そのような「スキャンダル」への期待は萎んでしまう。スキャンダルとは、異性愛社会の、男性側からの評価を前提としているひとつの約束事にすぎないのではないだろうか——そんなふうに考えさせる展開が待っているからだ。

きっかけは、語り手の忍と、ちかの間に交わされる親密さである。さわやかでやさしさに満ちているのである。もちろん、ふたりの間になにかしら肉体関係や性的接近遭遇があるというわけではない。にもかかわらず、友情でもなく恋情でもなく、なにかが結ばれているという手応えがそこにある。

忍はちかがSMクラブでは経験不足の小娘であることを知っていた。それにもかかわらず、忍はちかに敬意をはらっていた。ちかは文才に恵まれていたからだ。クラブの働き手としては、職業上明らかに忍のほうが経験も豊富で先輩格であるのに、教養という面を考えると、ちかは忍とは比べものにならないほどの力量があった。それは金や外見からははかりしれない、ある種の魅力をたたえていた。世間的に認められた権威とも少々異なる。ちょっとしたユーモアや含蓄のあることば、仕草、そこからあふれでてくるある種の情報のもたらす、一種の快楽の世界である。それは生活を潤いに満ちたものに変える。忍の語りから垣間見えてくるのは、忍自身がちかを楽しんでいるようすなのだ。

もちろん、ちかは、忍に対して、彼女の価値をいいように編集した言葉でまとめ、その価値に固着させる文才を持っていた。それは、物書きがもちえる権力の形である。

忍は、そうした力を持つちかを目障りに思ったろうか。そうではなかった。ちかに対して、忍は一定の敬意を払いつつ、あくまで観察者としての位置にたっていた。この小説は、物書きであるちかが忍というSM世界の住人を観察して描いている話ではなく、観察者はあくまで「忍」なのである。

前に記したように、その話が著者の自伝的な要素があるというなら、ちかこそ、著者自身に重ね合わされることだろう。だから、著者がSM世界の人物に観察される様子が著者自身によって描かれた、ということができる。観ることと観られることとの権力関係が、かように入り組んでいる様子は、まさに被虐と加虐の役割演技を通して権力ゲームのゆらぎを演出しているSM行為に他ならない。

女王様のセリフである「ひざまずいて足をお舐め」は、命令者としてのことばではあるが、物語を読みすすむと職業的奉仕のことばであるのがわかる。

マゾヒズムに衝かれた奴隷は、お金を払ってそのことばを女王様に言わせる。被支配のステイタスも取引上のツールになっている。

商業上のSMクラブは儀礼化された権力ゲームの遊技場であり通常の社会の権力関係は倒錯した形で温存されている。そうした男女の権力構造は見慣れていてひょっとすると興ざめなところであるが、それと拮抗するように、ちかと忍のあいだの繋がりが、なにかとてつもなく切なく優しく魅力的なものに見えてくるのだ。ふたりの関係は、あたかも女性同性愛者が表層上で男役と女役を演じながらも、内面において権力関係性を次々変遷させてしまうようなプロセスにちかい。

SMクラブで異性相手に性を売る仕事につきながら、ちかと忍の間には、異性愛的な競争意識ではなく、ずっと親密で居心地のよさそうな関係が続いていく。それは、ぐうぜんふたりのウマがあったのか、それとも、世の多くの男性陣に対して、性を売る職種についているからこそ、隷属的価値観への一種の防衛的な意識として女性同志の絆が生まれる、ということなのか、判別しがたい。けれども、それは女性ユートピア小説のなかでしばしば見られるような女性同士の、秘密の連帯意識にきわめて近い。

物語のなかばで、このふたりの関係性がゆらぐ瞬間がある。この物語をちかと忍の間のロマンスと捉えるならば、そこにはひとつの危機がひそんでいた。ちかは、忍の体験した秘密を小説に書き、無断で発表してしまったからだ。

ヒトの体験を本人の許可なしに小説に描く。たしかにちかは、作家であるから、忍の話をおもしろおかしく書くことはできるだろう。この世界の住人である忍はそもそも作家でもなんでもなく、語る言葉をもたないのだから。書くことができるのは、ちかなのだから。ちかは、忍の体験を盗み取った、と言えるかもしれない。だが、ちかが書かなければその体験は、忍の人生の一光景として記憶のなかに埋没していただけだ。ちかが書くことによって、はじめてその記憶は実在したのであり、彼女が書かなければ、それは存在しないものだった。ことばをもたない、ということは、そういうことなのだ。忍のサバルタン的な立場は、ちかの手によって顕在化される。忍はその行為によって初めて、己の立場の意味するところを知る。それは、個人の体験を作家のコントロールのもとに置くことにほかならなかったが、一番の問題点はやはり、互いの信頼関係への「裏切り」だろう。まさに「だまし討ち」の仕打ちにほかならない。

ちかは、体験は忍のものだが、作品は作家のものなのだと説明する。ふたりは話し合い、ゆるく信頼関係を回復する。その展開はスリリングでおもしろい。女同士のロマンスの危機とは、むしろ「信頼」の問題であることがわかってくるからだ。

ふたりは、風俗産業のメンバーとして、性も金も、さまざまな騙しと不道徳のなかにおかれていた。しかし女同士の間に信頼が成立していなければならなかった。つまりモラルがふたりの間に成立している様子が浮かび上がってくる。ちかと忍の間の関係性がなにか穏やかで居心地の良いものに見えるのは、互いに信頼関係を破らないようにしているためではないだろうか。そして、このふたりの関係性がロマンスに見えるのは、女同士のモラル、つまり私的な部分を搾取しないという倫理が保たれているからではないか。逆に言えば、ふたりのあいだに、女同士のロマンスという純粋な関係が見えるのは、まさにそのモラルのためではないだろうか。

異性愛的な性の冒険世界を描きながらも、その狭間で居心地の良い絆をえがくこと――『ひざまずいて足をお舐め』にみられたちかと忍の関係性は、一九九六年に刊行された『アニマル・ロジック』にも見られる。マンハッタンに住むセクシーな黒人女性ヤスミンの体内に、未知の生命体ブラッドが住んでいるという設定で、話はブラッドの視点からヤスミンの私生活が観察されるというものだった。このブラッドの立場は忍、ヤスミンはちかの立場に重ね合わされるように思う。

若く美しい女性の性生活を覗き見る、未知の存在ブラッド。寄生生物とも、心の声ともよくわからないブラッドとは何者なのだろうか?

非現実的な存在を語り手にしたこの手法は、リアリズムのお約束で動く世界ではまごつくかもしれないが、SFやファンタジーではそうめずらしいものではない。SFやファンタジーには、「エイリアン」「吸血鬼」「狼男」「妖精」といった非現実的な存在が登場し、現実の問題意識などをわかりやすくストレートに表していることが少なくない。『アニマル・ロジック』の手法はそれにちかい。同書で「ブラッド」、すなわち「血」と名付けられている生命体の語りおろしであり、吸血鬼文学と共有する部分も多く認められる。

ブラッドは、ヤスミンの体内に潜入し彼女と同一化しながらもあくまで別途の語り手／観察者として存在し続ける。それは、黒人女性ヤスミンがあたかも二重の主体に分裂しているかのような印象をも与える。

白人男性の価値観のなかで生きる自由奔放なヤスミンは通常の倫理規範では奔放でありながら、同時に俗人よりはるかに高い水準の知的人物で、ブラッドの科白から推測されるように独自の倫理観と哲学をもっている。ヤスミンとブラッドの関係を読んでいると、彼女の二重主体性（のように見えるもの）とは、西洋の白人男性的価値観に引き裂かれた女性のアイデンティティの様子をメタフォリカルに描いたものではないだろうかと思い当たる。

つまり、性的存在として見られる位置に立っていながら、同時に、周囲を冷静に観察し評価する、そういう女性の常態をストレートに表しているのではないか、と推測されるのだ。

吸血鬼は、異性愛的な恋愛・妊娠・出産といった人間の生態学とは異なっているため、同性愛的なセクシュアリティと重なりあうことも多い。『アニマル・ロジック』は、ブラッドという存在を通して、異性愛社会の様子を冷静に観察し続ける。血の中の観察者を設定することによって、異性愛社会を相対化しているように見える。ひょっとすると、ヤスミンはブラッドを体内に住まわせることによって、ヤスミンが日々直面している異性愛的な世界とはまったく異なったセクシュアリティを内在させているのではないかとすら思えてくる。このように本書は、吸血鬼という怪物のメタファーそのものを使わずに、吸血鬼的構造を捉えているかのような構造をもっている。

異性愛社会という強固な舞台の裏側に、実は別種のロマンスの可能性が存在するかもしれない。同時に、そうした舞台裏のロマンスこそ案外モラルと結びついているのかもしれない。山田詠美のおもしろさが、そこにある。

（SF＆ファンタジー評論家）

〈ムゲン〉の記憶――『フリーク・ショウ』――山﨑眞紀子

小説を読む醍醐味は、ある時代の、ある雰囲気に浸れることではないだろうか。言うまでもなく人は、《私》という限定された一個の人生しか生きることが出来ない。その窮屈さや退屈さから連れ出してもらえるのが小説であろう。言葉の世界のみで構築されつつも、豪華絢爛にひとつの世界を作り上げているのが、『フリーク・ショウ』（角川書店、89・4）である。本書には一九八七年八月〜八八年八月「月刊カドカワ」に連載された七つの短編が収められている。主に赤坂の伝説的ディスコクラブ「ムゲン」で繰り広げられる、男女のナイトクラブシーンが飛び切りの言葉で語られているのだ。

〈日本初のディスコといえる「MUGEN《ムゲン》」が、東京・赤坂にオープンしたのが68年。欧米で流行していたサイケデリック（刺激的、強烈な色彩による模様）なスペースとして誕生した。当時の常連客は川端康成、三島由紀夫、小沢征爾、篠山紀信、横尾忠則、加賀まりこ、スパイダースなど、時代の先端を行く錚々《そうそう》たるメンバー。ディスコは〝遊び人〟の通が集まる所で、シロウトには無縁のプレイスポットだった。〉と「ディスコ25年史」（「FLASH」93・10・12、執筆署名なし）には記されている。

〈シロウト〉が入り込めないプレイスポットが、どのように大衆化していったのだろうか。大衆化の要因を同記事では、「ディスコティック・ビートポップス」と題するダンスに注目したテレビ番組が68年に放映され、「踊りたい」欲求を若者に喚起させたことを、その発端としている。さらにディスコが大衆文化となったのは、ユーロビートが流行した80年代であり、日本の音楽とリズム感が合っていて踊りやすかったことにあるという。続けて記事には〈逆に黒人音楽は、誰でもが踊れない。ハマーが〝ディスコの死に神〟と云われた時代があったとか。黒人音楽はディスコをマニアックな遊びにさせる〉とある。M・C・ハマーが日本国内で注目されたのは、彼のセカンドアルバム「Please Hammer Don't Hurt'em」のセールスが全世界で千五百万枚以上を記録した一九九〇年のことである。ハマーは低所得層の黒人が住むゲットーに生まれ育ち、やがて海軍に入隊し沖縄駐留を経て、自費でレコードを作製し、88年にデビューしている。ハマーは日本の若者にダンスブームを湧き起こした。

このような時代を背景にもつ『フリーク・ショウ』は、それぞれに登場する主人公の名が各短編の題名に付けられている。一編目の「ルーシィ」は〈コピー取りの事務員〉・サオリが中心的人物である。サオリは毎週金曜日になると、急いでアパートに帰り、地味なOL姿から変身し、赤坂のクラブ「ムゲン」に足を運ぶ。「ムゲン」に足を踏み入れるや否や〈退屈なただの事務員の女という自分の役割を捨て〉ることができた。たっぷりつけたボディーローションと香水、スリットの大きく開いた紫色のドレス、真っ赤な口紅、そして会話は英語。サオリの認識によると、ソウルミュージックが流れる〈ムゲン〉は〈黒人の来るところ〉、隣のロックンロールが流れる〈ビブロス〉は〈白人が来るところ〉である。壁一枚、音楽によって《住人》を分つ赤坂という場所。赤坂そのものはハイブリッドな空間でありながら、自らが好む音楽やダンスによって、きちんと住み分けがなされていた。

森永博志「赤坂ムゲンをめぐるディスコ20年史」（「流行通信」87・1〜12）には、ムゲンの歴史が詳細に綴られている。連載一回目（87・1）に、次の文章がある。〈アメリカ海兵隊の南ベトナム、メコンデルタ進行開始とともに幕を開けた1967年は、60年代が最終章に突入した年だった。早くも〝世紀末〟というコトバが登場し、思想、音楽、ファッション、映画、アート、コマーシャル、都市生活、あらゆるシーンにひとつの奇怪な現象があらわれた。〉〈その現象とはサイケデリックと総称された。〉と。

森永は、日本ではこの現象が一年遅れて爆発し、『現代風俗史年表』（河出書房新社）では68年の風俗について「サイケデリック洪水」を筆頭にあげていることを指摘し、〈日本で最も感覚的に直接的にサイケデリックを表現しえた〉のが、〈いまも1968年オープン当時のほぼそのままに残っている赤坂《ムゲン》〉と述べる。ムゲンはカナダ政府テレビにより放映されたり、ドイツ国営テレビやニューヨークの国連テレビがビデオ撮りにきたり、世界的にも注目されていたという。〈69年に、ムゲンが世界にその名をアピールし〉〈〝ゼンガクレン〟と〝ムゲン〟が、この当時、国連が日本をとらえる象徴的なキーワードとして選び出したものだった〉と指摘する森永は、ムゲンが注目された理由を、以下のように考察している。〈それは、多分人間の欲望だ。／快楽に対しての、果てのない若々しい、妥協しない、優れて特権的な欲望を持ち、特別なものを求めることでしか自分を満足させられない人種がいる。／多分、ムゲンはその欲望から誕生したのだろう。その人種があって、はじめてムゲンは特別なものへと昇華しえたのに違いない。〉『フリーク・ショウ』で著わされているのは、まさにこの〈優れて特権的な欲望を持ち、特別なものを求めることでしか自分を満足させられない人〉たちの姿である。

二編目は、恋愛に未熟な〈ブラザー〉であるマークが、日本人女性・リサに失恋をすることによって大人の男に成長する物語が描かれている（「マーク」）。〈音楽とダンスと女達。普通に育ったほとんどのブラザーにとって、この三つは、食事をするのと同じように生活をするために不可欠のものだった〉と、生まれながらにして音楽、ダンス、恋愛が日常生活の一部として体の中に組み込まれているマークが恋に落ちるリサは、〈優れて特権的な欲望〉の持ち主であり、〈いつも自分達で男を選んでいた〉という主体的な日本人女性である。彼女は恋人を選ぶ際にブラザーの中でも、服のセンスやダンスのうまさ、足と手が大きいこと、顔、体、セックスなどいくつかの基準をもっている。リサは、まだ恋愛に未熟なマークに言う。〈踊らない？ そうでなきゃ、何も始まらないわ〉と。マークはリサに夢中になるが、三ヶ月間、マークが日本を離れているあいだに、この恋は終わる。リサの恋人になる条件のうちの一つだけマークには欠けていた〈深く傷ついたことがある男〉となったマークは、ようやくこれを手に入れることとなる。

六本木のはずれにある〈ソウルエンバシィ〉で働いている、ソウルミュージックに夢中の女性が主人公の「クッキー」では、店内で繰り広げられるラブアフェアに自らは身を投じられないクッキーの客観的な観察が生き生きと語られている。〈こんなにも肉体と一致した音楽がこの世に存在するだろうか。〉と、音楽には魅せられながらもブラザーとの恋愛には踏み込めずにいる。彼女はブラザーしか恋人にしないジュンに〈セックスがいいからですか？〉と尋ねると、「ばーか、恋愛がいいからよ」とたしなめられ、恋愛上手というのは〈いかにして相手の目の前でハートとボディを裸にするかってこと〉と教えられる。

ムゲンは八七年二月十五日に閉店された。閉店されてから連載が始まった『フリーク・ショウ』のあとがきには、ムゲンもソウル・エンバシィも〈いまは、もう、全部ない〉〈あのときのことをちゃんと書いて置かなくっちゃ〉と記されている。島田雅彦から〈あなたはむちゃくちゃ記憶力がよい〉（「文芸」05・8）と称賛された山田詠美は、〈ちゃんとフリーズドライされたようなもの、戻せばOKみたいな感じのところが絶対あると思う。ものを書く資格って、そこのところにすごく集約されていると思うの〉と発言している。〈ムゲン〉の記憶は、『フリーク・ショウ』によって私たちに見事に蘇るのである。

（札幌大学助教授）

楽園の内と外──山田詠美『放課後の音符』──

一柳廣孝

　どうして高校を舞台にしたこの小説が、かくも甘酸っぱいのだろう。大人になる一歩手前というもどかしい季節のせいだろうか。自由度が強調される大学とは異なり、さまざまな制約が存在する最後の〈学校〉である高校が舞台になっているからだろうか。

　ある種のむずがゆさ、思い出すのも恥ずかしいようないくつもの記憶を甦らせる〈学校〉。すでに〈学校〉を経由した読者にとっては、こうした記憶のナビゲーターとして、またはこれから高校という場に参入する読者や、いままさに高校に所属している読者にとっては、共有される〈いま〉を開いていく自らの代理として、この物語の視点人物である〈私〉は格好の存在と言えよう。なによりも彼女には〈美しいものを知る才能〉がある。

　彼女は十七歳という季節を、目に見えるもの、その結果として心がとらえるものを素直に信頼してしまう時期だと考えている。しかし彼女は、そうでないものにも目を向けることができる。すでに〈大人〉＝外部の領域に入りかけていて、友人の輪＝内部からはみだしかけている越境者たちの心の中にまで、目が届く存在。にもかかわらず、学校の価値体系に順応し、楽しみながら日々の生活を営んでいる存在。彼女によって読者である私たちは、学校の内部／外部の境界を軽々と越え、〈放課後〉の輝きに目を向けて、内部にあって外部へ羽ばたこうとする彼女たちの成長に同化することができるのだ。

この内／外の境界は、多様なレベルでくりかえし示される。たとえば「Body Cocktail」のカナ。〈いつもひとりで独立している〉同級生。〈男の人とベッドに入ることを日常にしている〉。しかしクラスでは目立たない。クラスで人気があるのは、よく笑う可愛らしい子たち。でも〈私〉は、それは〈当り前過ぎる〉と思う。カナは足首にいつも金のアンクレットを巻いている。それは越境者たる彼女の象徴である。かなり年長の男と恋愛関係にあるカナ。カナの本当の美しさを、その男は知らないと〈私〉は言う。〈教室には西日がさしている。その中で金の鎖をもてあそんでいるカナは本当に綺麗だ。私たちのような子供でもなく、そして多分、その人と会う時のようにちゃんとした大人でもない。そんな彼女をその人は見ることが出来ないのだ。年齢に似合った場所で、年齢に似合わない心を持て余している彼女を知ることはないのだ〉。

〈年齢に似合った場所で、年齢に似合わない心を持て余している〉存在。彼女にとって、すでに高校という場は〈内部〉ではない。カナは妊娠する。産む決意をする。カナは言う。〈人間なんて、所詮、別々なのよ〉〈だけど、だから、男の人と愛し合うの、私は好き。他人同士があやういもので結ばれてるのって、すごく繊細なことだと思うの〉。このように主張するカナが、高校という共同体に所属しつづけなければならない理由は、たぶんない。

または「Crystal Silence」のマリ。〈誰にも媚びたりしない、だから誤解を招いてしまう〉女の子。彼女は沖縄のはずれの島で、耳が聞こえず口もきけない男の子との恋愛体験を〈私〉に語る。余分な音がない世界。さまざまなディテールにわずらわされない、言葉がなくても話のできる世界。ある意味でもっとも純粋な他者との関係を、彼女は体感したのだ。彼女は女の子たちが作るグループ内の価値観にまどわされない。彼女にはもう〈一緒にトイレに行くような友達〉は必要ない。

さらに学校から超絶した態度を通しているのは、「Jay-Walk」のヒミコである。目の光に〈ぞっとするような迫力〉があり〈ものすごく美しくて〉〈我儘が、どうしようもないくらいに似合う〉。彼女は〈私〉を連れて、夜の街を遊ぶ。〈私〉は思う。〈同じ年齢の女の子たちは、誰もが似かよった考え方を持っていると思っている。年齢というのは、単なる基準になるだけであって、人間の数だけ物の見方は違うというのに〉。ヒミコは〈十七歳にして、既に、教室に似合わない人間だった〉。

彼女たちは〈学校〉という枠組みから半ば、もしくは十分に逸脱した異分子である。だがそれゆえに〈学校〉の外部の価値観へ〈私〉を誘いもする。〈学校〉という場に所属する人員は、最初から一様ではない。いち早く外部への眼差しに目覚めた者も、〈学校〉空間の居心地のよさになんの疑問も抱かない者も、ともに学校のなかでは等価な存在として扱われる。そのなかで学校の外側の時間である〈放課後〉への眼差しは、外部と接続することによって生じる異質な熱気を生み、それが学校へ持ち込まれることによって、内部は攪乱される。しかしそれは、やがて彼女たちが外部へ放たれるときの貴重なレッスンとして受容されもする。

一方、日本の〈学校〉そのものを相対化する存在も、物語に組み込まれている。「Brush Up」の雅美である。彼女は帰国子女で、中一のときに転校してくる。当初はうまく日本語が話せず、苛めにもあっていた。だが彼女は、努力の末に日本語を習得し、やがて憧れの対象になる。しかし彼女は中学のお別れパーティで、自らが所属した〈学校〉を〈おかしな人間社会〉と罵倒し、〈やっと自分自身になれる〉と高らかに宣言して、アメリカン・スクールに進学する。

学校とは、統一的なルールを強制する共同体である。ルールは、その内部に所属する人員の均質化を促す。それは均質化に抗う異質な分子を刺激し、ときに適応か排除かの選択を迫る。こうした動きは場を活性化するが、度を越すと共同体の崩壊を導きかねない。その意味では、雅美が学校を捨てたのではない。むしろ学校が、雅美をやんわりと拒否したとも言える。

しかし、もちろん〈学校〉という場が意味をもたないわけではない。〈学校〉の内部に所属しているがゆえに、見えてくる世界もある。たとえば「Sweet Basil」の純一とリエ。幼なじみの純一が、リエの熱い視線に気付いてしまった瞬間を目撃する〈私〉。または「Red Zone」のカズミ。サエキが彼女と別れ、年上の女性とつきあいはじめたとき、カズミは嘆き悲しむ。しかしサエキがどんどん魅力的になっていくのを見て、彼女は決意する。〈私、自分のことを待ってる。赤い口紅が似合うようになったら、サエキくんをものにしてみせる。とても素敵な心で彼を自分のものにする〉。「Salt and Pepa」におけるカヨコ先輩と松山先生の恋愛もまた、〈学校〉という場の制約があるからこそ〈悟られないようにと育てて行く恋〉と化し、それが〈ノスタルジックな匂いを周囲にばらまく〉。そして「Keynote」では、〈私〉もまた純一とともに新しい世界へと歩みだす。

彼らは学校というフィールドで、共同体のなかでゆっくりと時間をかけて、自分の世界を見いだしていく。それはある意味で、学校という空間が彼らを保護した結果ともいえる。また学校は、時空間が限定された場として存在する。近い将来にそこから否応なく出て行かざるを得ない場は、逆にその制約ゆえに、深い記憶を彼女たちに植え付ける。学校での多様な体験を想起したとき、〈もう二度とくり返したくないと思うのか、それとも、泣きたいくらいに懐しい気分に浸るのか〉それはわからない。しかし『放課後の音符』は、彼女たちの熱気が生みだした外部への、そして他者への旅の記録であり、そうした旅の記録を自らのものとして引き受けながら、外部に向かって開かれていく〈私〉の成長の物語として、読者の前に立ち現れる。

（横浜国立大学助教授）

『チューイングガム』――〈合わせ鏡〉のなかの恋愛――

久米依子

『チューイングガム』（角川書店、90・12）は刊行同年の山田詠美自身の結婚がテーマであることを、本の装幀からも伝える小説である。ストーリーは山田夫婦を彷彿とさせる日本人女性〈ココ〉とアメリカ人男性〈ルーファス〉の恋愛話であり、カバーには山田が夫のクレイグ・ダグラスらしき男性の胸で恍惚としている写真、口絵には山田とダグラスが結婚式で抱き合う写真が使われた。さらに〈あとがき〉では〈結婚して、結婚も悪くないじゃない〉という心境になったのでその変化を書いたのであり、〈小説は作家の心のノンフィクションであると思う〉と述べられている。つまり単行本全体で、実在の山田夫婦の像を主人公にダブらせ、幸福な国際結婚に至る物語を予想して読むことが誘導されるのであり、かなり親切な造りの本であるといえよう。

山田はデビュー以来、ジャーナリズムに数多くのスキャンダルを取り沙汰されたが、その状況を逆手にとって、自己を物語化する小説を幾つか発表し、人気作家となっていった。『チューイングガム』もそうした戦略のコンテクストに含まれると考えられ、読者の好奇心に応えつつ、作家自身の商品化も上手くなしえた一冊とみなせる。実生活を題材としている点では旧来の日本の私小説の伝統に連なるように思えるが、山田の自伝的小説がそれらと決定的に異なるのは、いわゆる私小説に顕著な主人公の自己批判・懺悔の陰鬱さがきれいに払拭されていることであり、基本的に向日的で明るい自己肯定とナルシズムが読みとれる。そこには、山田詠美を支持した八〇年代バブル期以降の日本の若い女性たちの《感性の変革》――セクシュアリティや経済面での自由の度合いが増し、女性たちに楽天性と自信がもたらされた時代意識の反映をみることができよう。

また『チューイングガム』は、ココとルーファスが互いに語りかける一人称の語りを交互に置き、二つの視点で進行する特色を持つ。この仕掛けは、出会いから割合スムーズに恋愛へ移行し、順調に結婚へ至るというやや単調な小説のプロットに、変化をもたらすスパイスの役目を果たしている。ただし二視点の語りという物語言説の特性を生かしきったとはいい難く、その点にもまた自己肯定とナルシズムの問題が関わるようである。

具体的に『チューイングガム』の《肯定》の様相を追ってみよう。女性主人公ココが《肯定される存在》であることは、まずココが、実は規範に忠実な女であることに示されていると思われる。ココは小説の冒頭から背中の大きく開いたドレスを着てナイトクラブに現れ、酒と煙草と性愛に慣れきった態度を見せるが、その挑発性とは裏腹に、セクシュアリティに関しては古風とも評せる倫理性も守っている。クラブでルーファスに出会ったココは彼に惹かれるものの、交際中の男をないがしろにすることができず、二度目に偶然ルーファスに会うまで電話番号も渡さない。やがてルーファスと恋仲になって前の男とは別れるが、実はその男には妻がいるのでココは〈奥さんと一緒に過ごせば?〉という台詞で彼を拒絶することができる。結果的にココは男に二股をかけず、別れた男を妻の元へ返してやったわけであり、奔放に男を乗り換えていく酷薄な女というイメージから免れている。ココは自身について〈自堕落〉で〈体で男の人を知るのが好き〉と語り、セクシュアリティに積極的で開放的な女であるとアピールするが、基本的に異性愛体制と結婚制度から激しく逸脱することはなく、男性にとって魅惑的である上に、制度へのラディカルな造反などは決してしない女、という範疇に収まるといえよう。

この規範順応的な指向は、ルーファスがココに〈こんなことを言うと少しめめしいように思われるかもしれないが〉〈きみといると（中略）遠慮なく女々しくなれる〉と語る際にも現れる。ココと一緒だと〈女々しく〉なる自由も得られると語るわけだが、〈女々しく〉の用法には、既成のジェンダー秩序を疑う態度はみられない。こうした既成価値追認の姿勢が、小説内に溢れる明るい《肯定の感覚》を支えていると考えられる。

さらにその感覚は、ココとルーファスが互いに相手を同一視し、補完的に認め合うことで最も顕著となる。小説内では二人の魅力が具体的・分析的に説明される箇所は意外に少なく、ココがルーファスを〈私の大好きな種類の（中略）澄んだ瞳〉、ルーファスがココを〈とびきり愉快なひとりの人間〉と評す程度である。その代わり惹かれ合う理由として繰り返されるのは、相手が自分と同じ人間だと述べる一体化の言説である。ココはルーファスについて〈この人ったら、こんなにも私なんだもの〉〈まるで、同じ体を持っているみたい〉〈他人を、これ程、自分のように思ったことがない〉〈今では、血がつながっているようにさえ感じてしまう〉と述べ、ルーファスは〈ぼくは、鏡をのぞくように、きみの顔を見る〉〈きみを自分の分身のように思ってる〉〈他人同士であったことを忘れてしまえる〉と語る。ここには、相手が自分の理解を超えた他者の相貌を備えているという意識はなく、二つの視点がありながら視線の交差に葛藤も対立も起こらない。また彼らは、自己の内部に自分自身で容認できない他者的相貌を見つけてしまう内省的視線とも無縁であり、したがって他者的自己を発見する契機として相手が機能することもない。見つめ合うココとルーファス相互の境界は溶け、自分を無限に許すようにして警戒なく相手に接し、リスペクトし合っていく。この状態を、二人が互いを〈鏡〉と化す鏡像段階状況にあって、相互媒介的に理想的自己像を投影しながらナルシズムに酔っている、とみなすこともできよう。鏡像同士が魅了されるという〈合わせ鏡〉の関係のなかで、外部を遮断した自己愛的融合が成し遂げられるのである。

このような『チューイングガム』のカップル像に、改めて今日的な問題が見出せるのは、再びカバーや口絵の写真を見返す時である。写真で見る山田とダグラスは明らかに人種を異にしているが、ルーファスがアフリカ系アメリカ人であることは、小説中では申し訳程度にしか触れられない。そこに焦点をあてたならば、異文化との摩擦や所属している共同体が他者に遭遇した時起こる衝撃を、問題提起的に示す小説にもなり得ただろう。例えば山田とダグラスが経験したであろう多様なレベルの障壁と、恋愛幻想のなかで〈他人同士であったことを忘れてしまえる〉実感とをせめぎ合わせれば、現代に否応なく遍在する差異とヘゲモニーの諸相を、恋愛を遂行する男女の間に重層的に表すことも可能だったのではないか。しかしあえて煩わしい種類の差異は無化し、自他を溶解させるロマンチックな恋愛世界に徹して、読者も酔わせる物語を提供した。それはつまり、テッド・グーセンが指摘したように（「「他者」の世界に入るとき」鶴田欣也編『日本文学における〈他者〉』所収、新曜社、94・11）〈アフロ・アメリカ文化へのヴィジョンを限られたものに〉して〈文学的帝国主義〉の問題を抱えることでもあるのだが。

小説の題材をこのように扱うことは作家の選択に関わるが、その背後にはまた、このタイプの小説を歓迎する日本社会のメンタリティーも存在したと考えられる。人種や国籍や男女の社会的差異に敏感になり、その乗り越えを検討するよりも、抑圧的な差異など初めから無いものとみなし、肯定感に満ちて過ごす方がより〈幸福〉に近づける――。日本的な同質化・均一化のイデオロギーとハッピー指向が重なって『チューイングガム』に共感する状況は、発表後十五年経っても余り変わらないどころか、益々強化されている面があるのではないか。

小説の終幕近くでココは、ルーファスと会って以来〈まるで、魔法のチューイングガムをもらったかのように、いつも私の口は動き続けている〉と述べる。普通のガムはいずれ味を失い捨てられるが、このガムはいつもおいしく、永遠に噛み続けることができる。『チューイングガム』とは、魔法のように持続する幸福な恋愛を成立させるためにはどのような操作が必要か、その方法を教える小説でもあるといえよう。

（目白大学助教授）

『トラッシュ』論――煩瑣で素朴な愛情の問題――

佐藤秀明

長い長い山田詠美の『トラッシュ』（文芸春秋、91・2）は、長編小説の骨組みをもっているとは言えない。ニューヨークに住むココの、主に人間関係に関する思念を中心に、登場人物の会話や振る舞いが描かれるものの、それらが発展する気配がなく、突然の出来事が状況に変化をもたらす予兆があるわけでもない。登場人物の経歴や仕事の詳しい情報もない。平坦に愛情や友情や人間関係に関するおしゃべりと思惟が延々と続くのである。短編では処理できないし、いわゆる中編小説の書きぶりなのだが、中編の分量を越えたところにさしかかると、この小説はどこへ向かっているのだろうと、いぶかしく思わないわけにはいかない。

全体は「第一部」と「第二部」に分かれた構成になっていて、ページ数で言えば、前の三分の二ほどが「第一部」で、残りの三分の一ほどが「第二部」にあたる。「第一部」は改ページによって六つの章に分かれているが、「第二部」では、やはり改ページによる四つの章があり、こちらは「夏」「秋」「冬」「春」という章題がつけられている。「第一部」と「第二部」の分量と形式がアンバランスで、外見から構成についての配慮を窺うのは難しい。ただ、「第一部」の各章の書き出しでは、なぜかココが手錠をかけられベッドにつながれていることが示される。むろん彼女は脱出しようと試みているのだが、さほど恐怖を感じている気色でもなく、憔悴しているわけでもない。読み進めて行くうちに、どうやら手錠でベッドにつながれたこの状態が物語の始発の現在で、その描写を各章の冒頭に置き、その後の叙述は近い過去へフィード・バックしていることが分かる。
黒人のリックと十三歳になる彼の息子ジェシーと暮らすココは、可愛い気のないジェシーに手を焼き、毎晩酒浸りになるリックに満足しているわけではない。けれども別れた方がよいと勧める友人たちの忠告を無視しても、彼女はリックと別れるつもりはない。ジェシーが成長してフレンドリーになってきたためでもあるが、どうにもあのだらしのない、愛情を表さないリックを見捨てる気にならないのである。

このように破局に向かうようでいて、事態が停滞している状態が続くと、宙吊りのこの状態こそがこの作品の狙いなのかと思わずにはいられなくなる。例えばここで、夫婦の絆をとっくになくし、妻には恋人もいるのに、別れることのできない中途半端な状態を描いた谷崎潤一郎の『蓼喰う虫』を想起してもよい。夫婦を装いながら夫婦ではない、しかし数年間のセックスレスの状態から関係の回復はありえないと断言できる要と美佐子の関係は、小説の最後まで続く。夫が夫でなく、妻が妻でなく、しかし離縁に至らない状態は、人が安定的な位置に立たないことによる膨大なエネルギーを必要とするだろう。そのエネルギーを、要と美佐子は、本質的には冷たい感情をもちながら、互いへの細やかな気遣いの中に紛らわしていく。

『トラッシュ』を、そのような宙吊りの状態にいる人の、くすぶるエネルギーを描いた小説だと見做せば、読解の落ち着き先を得られたように感じるかもしれない。父リックとココの別離に心を砕くジェシーは、両親のよそよそしさに気づいている『蓼喰う虫』の一人息子弘を思い起こさせるし、ココがリラックスして心情を吐露できる前の恋人グレゴリーやゲイのバッキーは、要たちのことをよく心得ている高夏に似ている。いかにもニューヨークらしく登場人物たちの交際相手が素早く変わる中で、容易に別れないココとリックの関係は、『蓼喰う虫』と共振し、それを指摘することは、両者の差異と『トラッシュ』の新しさを指摘することにもなるだろう。しかし『トラッシュ』は、『蓼喰う虫』のような中途半端な状態に終始するわけではない。それというのも、手錠をかけられベッドにつながれているココの〝解放〟が、小説に予め仕組まれているからである。ココに別れを宣告され、逆上したリックがココを暴力的に犯しココの身体をつなぎ止めるのだが、さすがにリックも観念せざるをえずココを解放する。それでもリックは、ココを激しく求め、ココの喪失を受けとめられない。ココもまた、育ちの良い学生のランディと交際を始めているが、リックを失う辛さに耐え難さを感じている。小説の転換は、「第一部」と「第二部」との間で確実に起こっているのだが、それでもすっきりとカタがつくわけではない。

『トラッシュ』の最も重い読みどころは、この明らかな破局を前にして互いに関係を切り捨てられないところにある。毎晩外で飲んでは泥酔し、部屋で嘔吐したり失禁したりするリック。週末に服装を改めて食事に出ても、リックは酒が入ると止めどもなくなり、ココをアパートに送ったのち再び一人で飲みに出る。話しかけ愛を確認しようとするとうるさがり、外に出て行って、時には別の女と寝ているようでもある。それでいてリックはココを必要とし、彼女を愛してもいる。このように身勝手に依存してくる男を、女が不満に思い縁を切ろうとするのは当然だ。しかし『トラッシュ』の凄いところは、こういう男女の問題にもう一歩大きく踏み込んでいるところである。明らかにジェンダーとして女性の側に立つ作者が、すなわちココの側に立つ作者が、ココから別れを言い出されたときのリックの、身も世もあらぬ絶望と弱体ぶりを十分に描いているのである。自分がいかにココを必要とし愛してきたか、しかもココを失う段に至ってその思いがいかに強くあったかを嘆くリックを描く。子どもの頃からまともに愛情を受けて育ってこなかったリックの、貧しい愛情表現の原因も、いくぶんリックに同情的に書かれる。「もう、あなた、毎日、好きなだけ、お酒飲めるわ」と言うココに、「何のため？」と思わず聞いてしまうリックは、「おれには、酒を飲む理由すら、もう、ないよ」と言う。我が儘な甘えと、それが引き起こした〈歩くことも面倒臭くなる程、つらい〉絶望感が、嫌悪を交えずに描かれる。ココを中心とする物語圏内から放逐されてしかるべきリックが、とどまって、その絶望的な弱さをさらけ出すのである。ここにあるのは、おそろしく成熟した女性の視点である。あるいは、何と言ったらいいであろう、愛情の修羅場を潜ってきた女性のもつ強いやさしさとでも言うべき人間愛が示されるのである。

それだけではない。ジェシーや家の中の雑事をココに押しつけ、身勝手な振る舞いをし続けながら、女がそれを受け入れていると思い込んでいるような男を、ココは別れようと決めても、感情的に切り捨てることをしないのだ。ココの受けてきた仕打ちを思えば、彼女の心理は柔軟過ぎると言ってよいだろう。むろん、加速度的に成長しているジェシーがココを必要としていると訴えたことも、新しい恋人のランディが弱者に対して意外な傲慢さをもっていたことも、ココの感情と無関係ではない。しかしジェシーやランディとは別に、ココはリックの感触を忘れることができないのである。

こういう女性を描いたことは、女性が身勝手な男の単なる被害者に終わらないことを意味している。被害者となり、縁を切って終わるのではなく、忌まわしい男のために心を痛める——。それは、男関係に怠惰な女の腐った未練などではない。別れて心を痛めることで、女は、「加害者」にもなるのである。「加害者」というのは、自暴自棄になったリックが、泥酔しドラックもやって、交通事故で死んでしまうことを指すのではない。リックに別れを告げたココが、彼が子どもの頃から培った、他者への一方的な依頼心を改悛させたことを指すのである。それこそは、男女の愛情の問題において、女性が男性に対し、対等以上の力をもったことの証しにほかならない。

（近畿大学教授）

『色彩の息子』——小林裕子

この短編集では、十二の短編のテーマが作品世界のイメージによって十二色の色彩で彩られ、その色彩が、挟み込まれた十二枚のカラーページによって読者の目を刺激する、そんな仕掛けになっている。一九九一年四月、新潮社から刊行されたこの書物は実に遊び心に溢れた本作りがなされているのだ。この方法をとった理由を山田はあとがきであきらかにしている。〈色彩が息子を生むなら、五感は、常に心を親にしている〉と。いいかえれば色彩は、感覚と観念とを瞬時に結びつける有効な武器だからであろう。

ほとんどすべての短編に共通するキーワードは、「自己陶酔」「劣等感」「支配」「快楽」で、なかでも「自己陶酔」はこの作者の強烈なナルシシズムを示していて、物語の核をなすものである。

「劣等感」の補償行為は他者を支配する快楽によってなされる。支配することにより、自分の価値を確認せずにはいられないという、心的傾向。これの裏返しが、奉仕によって他人の賞賛をかちとる方法であり、劣等感を抱くヒロインやヒーローが仮面をかぶる時は、この方法を取る。支配と被支配の関係が短期間にせよもっとも強力に結合するのは、性愛関係であるから、これらの短編でも、性愛関係はほとんど不可欠の要素だ。

ところでナルシシズムの語源となったギリシャ神話のナルキッソスは、水面に映った自分の姿に恋してしまい、妖精の愛を退けてしまう、つまり他者を必要としない愛だが、これらの短編のヒロインたちは、他者の支配によって自分の価値を確認しなければ生きられない人種である。いわば、彼女らは、ナルシシズムを抱えながら、他者の存在を不可欠のものとして求めるという、ある意味では矛盾をはらむ存在なのだ。

「高貴なしみ」と「病室の皮」「黒子の刻印」は、ほとんど同じ構図を持つ短編である。「高貴なしみ」はA・B二人の男と一人の女C、「病室の皮」「黒子の刻印」はA・B二人の女と、一人の男Cによって作られる三角関係だが、語り手のBは、通俗的な意味で価値ありと見なされる魅力的なCに善良で親切なアドバイザーとして近付き、最後はCを獲得しようとする。Bは強い劣等感と自尊心を抱えていて、自分の価値を認めない世間に敵意と恨みを抱いている。しかし、世間に適応するために善良で親切な人間の仮面をかぶり、その仮面によってCを欺いている。そして世間とAへの復讐を果たすため、しまいには仮面を脱いで自らの自尊心を救済しようとする。ここには劣等感を解消する二つの方法が描かれているわけだ。だれもが憧れる存在を獲得して、自分を貶めた連中から嫉妬され、その嫉妬の視線によって自分の価値を確認する方法。もう一つは、自分が価値を置くような対象は、自分にふさわしい相手とは（相手からも世間からも）認めてもらえないという自分への〝値踏み〟によって、仮面をかぶってしまうという方法である。いずれの場合も、強烈に他人の視線に呪縛されていることには変わりがない。

作中に表現されたナルシシズムと他者支配との、ある時は矛盾しあい、ある時は補完しあうという入り組んだ関係を、この構図は明らかに示している。

「陽ざしの刺青」に描かれた鮮烈な性愛関係も、同じようにナルシシズムと他者支配の切っても切れない関係が示されている。自分への愛と嫉妬に苦しむ男を眺める快楽は、他者を支配する快楽と共に、自分のライヴァルとなる存在から勝利をかちとる快楽でもあり、ヒロインが求めているのは自分の価値の確認である。ワインの流れるテーブルの上に、自分の肉体をご馳走のように提供してみせる彼女のイメージは、ナルシシズムを鮮やかに体現するものだ。彼女は男のものになっても、けっして支配はされないと宣言する。いわば自分は男を完璧に支配しているが、決して支配はされないというセルフイメージを、彼女は自己陶酔と共に愛しているのだ。言い換えれば、こういうセルフイメージを作成するためには、自分が完璧に支配できる男の存在が不可欠なのであって、その意味で彼女はこの男にやはり依存しているわけだ。この種の依存を彼女は「愛」とは呼びたくないらしいが、これは「愛」以上に彼女を拘束するものではないだろうか。

自分の中の「愛」の自覚に欠けるために、語り手は性と愛を切断しようとして、しばしば失敗する。なぜなら憎悪・嫉妬・支配欲・自尊心など感情の味付けによる性の快楽でなければ、彼女は〈うつつをぬかす〉ことは出来ないのだから。

愛と性を切断しようとする女の試みによって馴れ合いを拒否された相手の男は、彼女と同じ快楽を共有することが出来ないために、彼女と共犯関係を結ぶことさえ出来ない。なぜなら、支配される苦痛に悶えている男を眺めるのが彼女の快楽であるから、男がその苦痛を楽しんでしまっては彼女の快楽は生じてこないからだ。快楽を求めるヒロインの努力は、男から見れば次第に自分を犯すものに見えてくる。〈結局、寝てる時間だけだろう。おれがおまえを自分のものに出来るのは〉という苦痛に耐えかねた男の叫びを聞く時、女は〈苦しみが引き立てる愛情というものが、どれ程、女の心をつかむ力に溢れているか〉を知るのだ。

したがってこういう二人の関係は、刃の上の綱渡りのようなものだ。「陽射しの刺青」はこの関係の危うさを、幾重にも塗りこめた油絵のような稠密なタッチで描いた秀作である。

十二の短編はこの意味で男女の性愛を描きながら、二人は共犯関係すら結べず、それぞれが孤立した殻の中にいる。ある場合、その殻を打ち破るには相手を殺すしかないという関係をも作者は描いている。「声の血」に登場する受験生は、若くてセクシーな継母に誘惑されて性関係を結び、求められることで自分の価値を確認しようとするが、彼女を完全に支配したいという欲求に駆られて、妄想のうちに継母を殺す。「草木の笑い」の男は、自分の愛撫をひたすら待ち望み、それによってみずみずしく甦る女の身体を所有し、そうした関係の中で、支配することの恍惚を味わい、それを極限まで味わうために彼女を殺してしまう。相手の女性からの発信は一切なされず、見方によっては、すべてが男の妄想の産物とも読める。いずれの場合も、対象を完璧に支配することによってしか、自分の価値を確認できない人物であって、この短編のヒロインやヒーローはすべて同じ人種と言っていいだろう。それにひきかえ、支配される快楽が女性の側から描かれることは絶無であって、この点がいかにも山田詠美らしいとも言える。

性関係の中で、女性の側からこのように男性を支配する形を描いた小説は、山田詠美以前には見られなかった。ジェンダーに基く男性社会の規範に挑戦するこのヒロイン像は、先述のように馴れ合いを退ける潔癖さをもち、男の意を迎えることとは無縁である。しかし、「ヴァセリンの記憶」や「草木の笑い」に登場するパロディ化された女たちは、あたかも男性社会の作り上げた〈女らしい〉女性像を皮肉るがごとく、卑小なイメージで描かれている。たとえば「ヴァセリンの記憶」では〈礼子は、媚をたっぷりと含んだ瞳で、ぼくを見たのです。ぼくは、その時、初めて彼女の可愛らしいといわれる仕草に寒気を覚えて、目をそらしました〉とか、いかにも女の子らしい話し方に〈あざとさ〉を感じて不快だとか、男たちの〈好むように自分を作ってきた彼女〉には何の魅力もないと切って捨てている。もしかすると山田詠美は、フェミニストぶらない、真のフェミニストなのかもしれない。

（城西大学別科専任講師）

『晩年の子供』論——語りの様態が示すこと——

新見公康

『晩年の子供』（講談社、91・10）は、八つの短編からなり、一九八九年から九〇年にかけて発表された。この一本を貫いているものは何か。内容としては、子供の夏休みか秋の季節感を背景とした出来事であり、形式としては、大人あるいはそれに近い年代からの子供時代への振り返りである。さらに、情緒として、死・生・性・愛を基底とした〈せつなさ〉〈やるせなさ〉及びそれと近似した感情が加わる。それぞれにあるこれらが、一本の中で相乗効果をなし、一つ一つの作品がいっそう鮮明な輪郭を現す。振り返られる子供時代は、一つの普遍性をもたらす。それは、普遍的な子供ではなく、子供における普遍性である。すなわち、多くの人は忘れてしまってはいるだろうけれど、確かにそのようなこととしてあった、あるいはありえた《子供の領分》が甦生される。

〈かつて、どんな子どももちえた夏休みを心の中にとっておける人は、やはり特別な人だと思う。〉〈小説というものが、成長した部分で書くものだとするなら、詩というものは、自分の中にある大切なものを成長させないようにとっておいて書くものだと思う。〉（「僕」は「君」に問いかける」『Amy Shows』99）。これは、黒木瞳の詩集への書評の一部であるが、山田詠美自身もまた、〈夏休みを心の中にとっておける人〉であった。そのことについて小説に書くのに、〈成長〉を必須としている。このことは、どの時点から振り返るのかという構造について工夫しているということを示す。ここに、記憶を辿る主体が出現し、《郷愁》の質が規定される。

八編は、一人称の〈私〉が、自分の過去を振り返る形である。語り手の現在は、次のように設定される。「晩年の子供」では、〈大人〉である〈私〉が十歳の夏を回想する。〈男を愛するという言葉すら、その時、知らなかったが〉と言えるほどの〈大人〉であり、〈私の晩年も、どこかに消えてしまった。〉と言う〈大人〉である。「堤防」では、〈私〉は〈高校生〉の生活を送り、小学生の時の夏の経験を〈運命〉としてもちつづけている。「花火」では、十九歳の大学生である〈私〉が、〈姉〉の様子を語りつつ、〈幼ない頃の姉〉との夏の思い出が想起される。「桔梗」で、〈七つの夏の終わりを過ごしました。〉と語っているのは、〈現在、新しい（と言っても、もう十年以上たちましたが）家で〉とあることから分かるように、少なくとも十七歳以上の人物である。「迷子」の語り手は、中学生である。小学校四年生の時からのことを振り返る。「蝉」では、〈大人になった今、すっかり呑気な人〉となった〈大人〉から小学校四年生夏が回想されている。他の二編は、幾分不明確ではある。「海の方の子」では、九歳の二学期の時を語るのは、〈私は、こまっしゃくれていました。今でこそ、そんなふうに顔を赤らめながら、小さな頃の自分を表現することが出来るのですが〉と、過去の自分を対象化して批評できるくらいの人物である。また、「ひよこの眼」で中学三年生の二学期の秋を語るのは、〈その時、まだ中学三年生だったし〉と過去の自分との距離を提示しつつ、〈私は、その時、既に、好きな男には、呑気な幸せをさずけたいと願う程に大人になっていた。〉と、その時の内面を測定できる人物なのである。

語り手の現在と語られる出来事とには時間的に距離があるのは当たり前のことである。が、この距離感に加えて作品が書かれた時点と設定された語り手の現在との距離は、《郷愁》の質をとらえる上で大事な要素と考える。生身の作家と、作品に設定された語り手とを直結させるつもりはないが、八編に設定された中学生から大人までの語り手たちに、三十過ぎの作家の感覚が投影していないとは言えないのである。このことは、とくにアフォリズムと成りうる部分に反映される。アフォリズムと言えるような書き方は、山田詠美の得意とするところだと思う。エッセイに散見するが、小説作品においても、効果的な方法として用いられている。

〈八十枚の小説にストーリーテラーとしての資質は、あまり必要ないと思います。着眼点、文章力、そして、アフォリズムの三つが大切だと思います。どんなおもしろいストーリーがあっても、この三つが駄目では仕様がないと思います。広く描写するより、深く掘り下げる。それが大切だと思います。〉（「偏見だらけの新人賞選び・その1小説現代新人賞・選評」の「1990年5月」の項『Amy Shows』）。

三十枚程度の作品群ならなおさらのことである。アフォリズムとなりうる表現は、概ね次の二つの形で表れる。第一は、語り手の語りの部分、地の文にある形。第二は、語られる出来事における会話文にある形で、この場合は、語り手以外の発言ならば語り手が納得している観念という保証はない。語り手を超えた部分から割り込んでいるともいえるのである。前者の例は、〈自分が愛に包まれていると自覚してしまった子供ほど、不幸なものがあるだろうか。〉（「晩年の子供」）、〈人を本当に愛すると、女は終わりを見てしまうものかもしれません。〉（「花火」）などであり、後者の例は、〈お互いがお互いを欲しいと思うからせつない気持ちになるのよ。それが男と女よ。〉（「花火」の頼子の発言）などである。独立して取り出しても、真実味を感じさせる部分である。

山田は、〈「せつない」という感情を作り出すフィルターは、ソフィスティケイティッドされた内面を持つ大人だけが所有している。〉と言い、〈心の成長に比例して純度を増すもの、それが、せつない時の涙である。〉（「五粒の涙」『せつない話』89）と言う。『晩年の子供』の諸作品の語りの様態は、このことをも示していた。

「蝉」は、授業で何回か取り上げたことがある。一九九二年度の三年現代文においてが最初だった。「月刊国語教育研究No.273」（95・1）に、「関係の学習・学習の関係」のタイトルの文章に簡単な報告を載せている。

二〇〇四年度三年現代文においても一時間の学習をおこなった。話の途中までを口頭で紹介し、その後を問題形式で設問を解き、全体の感想を簡単に記すという進め方とした。採用部分は、『晩年の子供』（講談社、91）一七七頁二行目以降最後までで、かつて取り上げたのと同じとして正解の割合を比較した。設問としたのは、末尾間近の〈私こそ死んじゃえばいいのに。〉の〈死んじゃえばいいのに〉を空所とし、それを文中の表現一〇字程度で補えというものである。正解の割合は、一九九二年の時と変わらず三割であった。空所補充の割合の比較からみたかぎりでは、読解鑑賞の力に大きな差はない。作品に対する好感度も、今回も良好であった。今回の生徒の感想に、成長、人間関係、愛、不如意等をとらえたものがあり、それぞれ作品の深部に触れた感がある。

〈自己を重んじるか、協調性を重んじるかで悩むことにより成長するのではないかと思う。〉（MH）。〈生きるというのは、誰かからの愛情を受けていると感じていることなのでしょう。〉（SF）。〈子供の率直すぎる反応故の恐ろしさ、残酷さも感じられる。〉（SM）。〈人は誰かに愛されないと、誰かを愛することもできないのだと思う。〉（TT）。〈なにもかも自分の思いどおりにいくものじゃないということが伝わってきた。〉（MA）。〈人間間での関係を一見全く関係ない蝉を使って展開するなんて面白いと思った。〉（SA）。

福田和也は、〈七年になる大学教員生活を通して、常に変わらず、数人の新入生たちが、好きな作家として挙げるのが山田詠美なのですね。〉（『悪の読書術』講談社、03・10）という。山田詠美は、人気がある。高等学校の国語教科書にも、「海の方の子」「ひよこの眼」が採用されており、作品の質の良さが広く認められてきたことを象徴的に示す。「晩年の子供」が高等学校の教科書に載りかけて差し替えられたころの山田への《反撥》は、薄れたとはいえ未だ消えてはいない。しかし、山田詠美の作品の多くが良質の文学であることは間違いない。より浸透し、読まれ続けられることを期待したい。

（東京都立狛江高等学校教諭）

『ラビット病』――家族を求めるうさぎ――

紫安　晶

『ラビット病』（「小説新潮」89・1〜90・11、新潮社、91・12）は山田詠美の他の作品に比べ、やや毛色の違った作品である。

『ラビット病』は、表題作を含めた九つの短篇から成っており、相続した親の遺産で生活する主人公のゆりと横田基地に勤める黒人の軍人ロバートが、〈まるで、うさぎ〉のように〈二匹で寄りそっ〉て、周囲の目には奇異に映る程の一風変わった恋愛を育みながら結婚に至る過程が描かれている。

山田詠美の愛読者であれば、日本人女性と黒人男性との恋愛が描かれている作品と聞けば、デビュー作の『ベッドタイムアイズ』や『ジェシーの背骨』、『ひざまずいて足をお舐め』等の、山田詠美自身の経験から材を得た自伝的作品を思い浮かべるであろう。〈友人達が「初の自伝的連作短篇か!?」と騒いだのも無理はない。だぐちゃん、みみちゃんと、ゆりちゃん、ロバちゃんの共通点は山程ある〉（「あとがき」）と山田詠美自身も述べているように、本作に作者の体験が反映されていることは明白だ。さらに、『ラビット病』の連載と山田詠美の婚約、結婚はほぼ同時期であり、その文体があくまでも軽く、コミカルであることからも、エッセイ「熱血ポンちゃんシリーズ」に近いということができる。加えて、各章が短いせいか完全に描ききれていない観もあり、それらは『ラビット病』がこれまで論じられてこなかった要因ともなっている。

例えば、ロバートの不在によって〈みみみみみ……〉と呻いてしまうゆりは、〈私の病気は、いったいなんなのだろう〉とその原因を考えるが、充分思考する過程が描かれることなく、〈あのね、私には警報器が付いてるんだよ。それが、みみみみって鳴るんだよ〉と結論に至っている（「みみみ警報」）。さらに、三つの作品の、ラストで、それまでゆりやロバートの立場に寄っていた視点が、突如、双子の老人（「双子届」）や和菓子屋の店員（「すあまのこども」）、階下に住む少年（「ロバちゃんはママ」）に移行するという語りの変化が見られる。この点は、ゆりとロバートを相対化する為の作者の意図的な手法とも捉えられるが、どちらも読者に唐突な読後感を与え、結果的にこの作品の不完全さを感じさせる。

しかし、単なる不完全な自伝的作品として捉えることは、この作品の重要性を見落とすことになりかねない。注意すべきは、主人公ゆりを孤児に設定している点である。ゆりに〈両親が死んだの。兄弟もいないし〉、〈ロバちゃん、私って、家族がだあれもいなかったんだよ。ずっと、ひとりで生きて来た薄幸の乙女なんだよ〉と言わせ、〈彼女は、お金には困らないけれども、天涯孤独の身の上なのだ〉、〈ロバートに出会う前は天涯孤独の身の上であった彼女である〉と語ることで、ゆりが孤児であることを強調しているのである。『ベッドタイムアイズ』では〈私には生まれた時から父親なんていなかった〉と主人公の境遇に触れた記述があるが、日本人女性と黒人男性との恋愛を描いた他の作品を見ると、家族への言及は極めて少なく、そうした中で主人公の孤児設定が強調されている本作は異色であると言える。

また、作品全体をとおして、ゆりの幼児っぽさが際立っていることにも着目しなければならない。

久米依子は『ラビット病』を〈恋する二人は幼児化しがちなことを証言した小説〉（『現代女性作家研究事典』鼎書房、01・9）と評している。確かに、周囲の目を憚らず、奇異と言われるほど直接的な愛情表現を示す二人の姿は、幼児的であると言えるであろう。しかし、ゆりのロバートに対する言動は、幼児期の独占欲を想起させ、ゆりは恋愛によって幼児化したのではなく、精神面が成長過程を経ないまま、つまり精神面が幼児のまま大人になってしまったという印象を与える。それはロバートに対する愛情表現の未熟さや、〈私には、愛するなんてこと解んないんだよお‼　だって、だあれも教えてくれなかったんだもん〉と言うゆりが、〈今まで知らなかった愛情〉、つまり生まれて初めて味わう〈他者への愛情〉を〈すあま〉を介して自覚することから窺うことができる（「すあまのこども」）。

ところがロバートの行動は、ゆりとは逆に母性を思い起こさせる。ロバートは〈ゆりのスカートの裾が、パンティの中に入り込んでいたので、直してあげ〉たり、〈ゆりの唇のはしに食べものの乾いたかすを認めた瞬間、自分の指に唾をつけ、ごしごしこすっ〉たりする（「ロバちゃんはママ」）。さらに、ロバート自身〈今、ようやく気付いたんだが、やはり、ぼくにとっては、ゆりだ。彼女は、ぼくの恋人でもあり、妻でもあり、友人でもあり、子供でもあるんだ〉と自覚し、ゆりもまた〈わかーんない〉と言いながらも〈ロバちゃんに抱かれてると、ふるさとの気持になるのかもしんない〉とロバートの中に〈母親〉の姿を感じている。

ロバートが自ずと母性を見出すに至ったのには、彼の生い立ちが関係する。彼は、〈家族の愛に恵まれて育って来た人間〉であり、夕餉の支度をする場面で、クラブレッグスを自分の好みの調理法で食すより、ゆりの好む鍋にしようと提案する。ゆりはそれを〈親切の押し売りだ〉と感じるが、ロバートの家では〈いつも愛情に包まれた選択肢が待ち構えてい〉て、〈母親は、ただ、にこにこと笑って、息子たちの好みを優先させる。ロバートは、ゆりに対して、母親と同じことを実行しようと思っただけなの〉である（「ゆりの嫁入り」）。

このしっかりと理想の家族観を持つロバートと、かたや家族の認識が曖昧なゆりは、互いに母親と子供という役割を引き受け、ゆりはロバートという〈母親〉の獲得に成功する。つまり、これは〈天涯孤独〉のゆりが孤児という境遇を超越しえたということなのである。

しかし、ゆりは結婚という血の繋がりの無い者同士の結びつきを受け入れ、同時に、これまで感じたことのない母親のような愛情を注いでくれる、〈ママ〉を求めたにすぎず、血縁を求めているとは言い難い。その根拠として、ロバートの友人たちからゆりとロバートが〈まるで、うさぎみたいだ〉と言われると喜ぶが、双子の老人から双子だと言われると、初め拒絶の姿勢を見せたことが挙げられる。〈双子〉であると言われたことに戸惑いを感じたにせよ、〈双子〉という言葉に血縁のにおいを感じとり、それまで縁遠かった血縁に対し、無意識に拒絶を示したと考えられる。さらに、ゆりの〈すあま〉に対する執着を〈ゆりが子供を欲しがっているのではないだろうか〉とロバートは考えるが、ゆりが〈すあま〉に対して母性を抱いたと決定づけるのは早急だろう。ゆりはロバートの指摘に〈ちょっと、違うんだよなあ〉と答え、〈ロバちゃんて、ロバちゃんて、すあまっぽーい、いじらしい！〉と言っている（「すあまのこども」）。ゆりの〈すあまへ〉の執着は、新たに子供という血縁を求めているのではなく、あくまでロバートに抱く愛情の表れである。

一見軽い恋愛小説かと思える『ラビット病』であるが、家族の愛に恵まれて育った者と、家族の愛を知らない孤児が結婚し、家庭を持つことで家族を得る、つまり、ゆりの家族獲得の物語であると言えるのだ。

不完全な作品であるという観は否めないが、自伝的恋愛小説の中に家族の問題が描かれた、山田詠美の他の作品とは一線を画す作品として読むことができるのである。

（武蔵野大学学生）

『24・7（トウェンティフォー・セブン）』——山口政幸

山田詠美の描く女は濡れっぱなしである。

始終——。体液と、涙と、そしてそういうのが可能なら、女のうるみで——。

タイトルになった「24・7（トウェンティフォー・セブン）」とは、片時も離れることのできない恋人が、お互いどうしを思い合うときをあらわしている。一日に二十四時間、一週間に七日、といった——。たしかにひとは恋のさ中、相手のことを思いつづけ、ときを密度の濃いものとして受け止める。ここに収められた九つの物語は、恋という道筋の様々な折れ曲がりの「とき」が集められているといってよい。ひとは一日中、恋について考えているわけにはいかない。しかし、〈いちにちじゅう恋を皮膚の上に載せていることは可能である〉と、作者もこの本の「あとがき」の中で書いている。〈皮膚の上に載せていている〉とは微妙な言いまわしだが、それはたぶん現在進行形の恋ではなく、過去において進行していた「とき」をも含めたためであろう。表題作の「24・7（トウェンティフォー・セブン）」は、〈二十年の歳月〉をともに過してきた女を、今でも女とは呼べない男の戸惑いを、行きつけのバーのカウンター越しにポツリポツリと語らせていったものだ。

しかしここに収められた大部分の恋は、やはり現在進行形のものに違いない。同じく「あとがき」で、〈大人だけに許される不慮の事故〉を集めてみたと作者は述べているが、この一種平成版『みだれ髪』みたいな作品集の中で、恋し合う者は不慮であるとともに、絶えず免罪でありつづけるといっていい。そしてそれにはいくつかそれを支える条件がある。一つにはそれはリゾート地でしばしば行われる、ということである。典型的なのが、「ヒンズーの黒砂糖」という巻頭に置かれた作だ。

夕暮れ、例によってボリスは私を置いたまま散歩に行ってしまった。私はひとりでポーチに座り椰子酒《アラック》を飲んでいた。木々がさえぎっていようと、この土地の素直な夕陽は、それらの隙間を縫って地面にたどり着こうと降り注ぐ。私の足許は橙色の絨毯を敷きつめたようになり、そこには木の葉の影絵が揺れている。酒は暖まり、蒸発し、匂いをあたりに撒き散らす。私は酔っ払ってしまい、ぼんやりと考えごとをしている。私は、この休暇の間に、いつのまにか増えた勘定書を数えるように、恋の記憶をめくっていた。

こうした彼女の前に、音もなく立っていたのは、現地の黒い肌をした青年で、名をアグースという。彼は赤い腰布を巻いただけの姿であり、先ほどホテルに着いた彼女たちの荷物を運ぶ手伝いをしていた。アグースを部屋に入れ、最大の関心ごとであったはずの彼の赤い腰布を剥いだとき、〈私〉は〈自分が欲しいのはこんな布切れではなかった〉ということに改めて気づかされる。そして、まだ彼が自分の体に触れていないことに溜息をつき、彼の体が自分の体を包み込むことを考えて、〈私の肌には甘い膜が張って行く〉のを全身に感じていく。黒い砂糖とは、彼の体がなだれ込んできたときに、心で叫ぶ〈私〉の声だ。

そして見逃してはならないのは、もう一つここに必要とされている、その場の共有者とでも呼ぶべきものの存在である。

アグースとの声を出せない情事に熱中する〈私〉は、連れであるボリスが帰ってきたことに気づく。しかし同時にボリスが決して二人のセックスを妨げるような不粋な真似をしないでいることも、確信している。

ボリスの足音がする。彼は帰って来た。けれど、愛に敏感な彼は決してドアを開けたりはしないだろう。静かに部屋から流れ出る溜息を片目をつぶって黙認するだろう。あるいはハイビスカスに残った口紅を見つけて、にやりと笑って待つだろう。明日の朝食、回廊をよぎる赤い影に胸をときめかせる私を困った顔で許すだろう。

厳密に考えれば、黙認するのとにやりと笑って待つ行為には、へだたりがあろう。また同じように、困った顔をしながら許すのも次元が異なるかもしれない。しかし、いずれにせよ、〈私〉にはこのヒンズーの黒砂糖との甘き戯れのさ中にも、ボリスが必要とされていたことは間違いない。ボリスのことを〈私〉は、〈同じ川が流れている〉と確信している〈共犯者〉と呼んでいた。

リゾート地でなく、パキスタンとの国境にある砂漠の街を舞台にして、なおかつ情事の外に立つ他者を、あえて肉親の当事者である男性に転倒させたのが、「ＨＥＲ」という作品である。

「ＨＥＲ」の語る主体は、〈ぼく〉であり、語られる対象は〈ぼくの妹〉である。辺境の取材旅行についてきてしまった妹は、もち前のどうしようもない性癖によるのか、タフな体つきに屈託のない笑顔をした地元の運転手と、またたく間に恋に陥ってしまう。砂漠に立ち往生した車から降りた〈ぼく〉が妹に認めたものは、その〈瞳だって濡れてい〉る様子と、抱き合ったまま砂の上を転げ倒れる二人の姿だった。

また、この奇妙なトライアングルの光景を〈私〉という女性の主体から捉え直したのが、男性同性愛の姿を描いた、「個人の都合」という作品である。

〈トゥインキー〉と呼ばれる日本人の〈私〉は、ゲイのたむろするバーでウェイターをしているスパイクと物書きのデイヴィッドに出会う。そして〈私〉は灰色のやさしい目をしたデイヴィッドと寝るようになるのだが、自分と決して寝ようとしないデイヴィッドを恋しているスパイクは、二人のセックスを自分の見ている前で行うことを希望する。ちなみに彼の部屋には、等身大の三島由紀夫の写真が壁にはってあった。〈いやらしいこと《ドゥザナスティ》〉をしながら〈私〉が意識するのも二人の男性のことである。

私は息が詰まりそうになりながら、必死に目を開けて彼とスパイクを見る。そして愕然とするのだった。スパイクの潤んだ瞳。デイヴィッドに向かってしなだれかかる視線。彼のことだけを見て欲情している下半身。デイヴィッドは、私を抱いている。にもかかわらず、彼も私を見ていないのだ。

この場合の〈潤んだ瞳〉の持ち主は、例外的に男である。ただし彼はゲイであり、そのゲイであるがゆえに、結びつくことのできない切なさをたたえた瞳を〈私〉が奪取するという仕組みになっている。これも一種の共犯者ではないか。現にこのスパイクにエイズが発病したという知らせを聞いたとき〈私〉が起こす反応は、感染の恐怖であるが、実は〈私〉もデイヴィッドもスパイクと寝ることはしていない。愛している人を抱けない人間が二人いて〈その人たちの手伝いをしているのだ〉と、かつての物書き志望の日本人のこの女は考えているのだが、同時にそれはスパイクという他者を、デイヴィッドとの情事の中に絶えず引きずり込んでいたということも表しているはずである。

このことは、「甘い砂」という作品における、クリストフという一見妨害者としか映らないような存在の果した役割に注目してみてもよくわかる。タヒチ島にいる〈私〉は、ハイチ生まれのアメリカ人で黒い肌を持っているジュニアと呼ばれる青年と、〈恋を知っている二匹の動物のように〉過している。そこへ親の決めた婚約者であるクリストフがやってくる。当然彼はジュニアに対し強い反感を抱き、毒づくことをくり返す。ごく簡単にいって、このクリストフの担った役割とは、偽善的な都会風なやり方を一方的に押しとおすことによって、ジュニアの持つエレガントな野蛮さを引き立てているということにほかならない。

しかしこの小説の終局の場面で、高価なシャンパンを自ら頭にかけ、〈こうすると気持がいいですよ〉とジュニアにいわしめたのも、おそらくクリストフという存在があればこそなのだ。ジュニアは、太陽があり、星があり、風があり、そのこと以外に何が必要なのかとかつてクリストフに迫ったが、その究極の答えの出し方が、この奇嬌とも見える行いである。ジュニアの頭からしたたり落ちる金色のしずくがタヒチの砂に溶けていくのを見ながら〈私〉は、〈いとおしさのあまりに、またも涙ぐんでしまうところだった〉。クリストフもまた意識されない深層において、両者の深い結びつきにひと役買っているのだ。

無論リゾートという地がまったく出てこない作品もある。「前夜祭」や先の「24・7」、「口と手」などがそれである。これらは純粋に日本人どうしの物語となっている。

先の「個人の都合」における日本人の遊学生という自己規定をのぞき、ここに出てくる人物たちはどこか無国籍風だが、気になるのは現地の男たちとの経済が産む落差に対して、極めて敏感な意識を隠そうとしないという点だ。「ヒンズー」の〈私〉は、〈男連れ、しかも絹の服、金のアンクレット。その三つの条件を兼ね備えた外国人の女に必要以上の興味をしめす勇気を、いったいこの島のどの男が持っているというのだろうか〉と問いかける。それでこそ、その〈素朴な肉体〉が〈ただ空腹を持て余した外国人の女によって使い古される〉という図式も成り立つわけだ。肉の飢えが、第二次世界大戦後に生まれる新たな植民地幻想という精神の枠組みからも、容易に震盪を受けることを、山田詠美は逃さない。

『24・7（トウェンティフォー・セブン）』という短篇集は、二を三にする男女の公式、リゾートやエスニシティーが喚起させる部分、そして何より女を〈甘く濡らす〉ことの現場がそのつど描かれている小説として、再読を強いる作品である。

（専修大学教授）

〈ぼくは勉強ができない〉ってのは、まったくのウソ?——田村嘉勝

とにかくおもしろい作者の告白小説、か　この作品に関する作者のトークを垣間見ると、

1　時田秀美は、私の作品の中でも、とりわけ気に入っている主人公である。書いていて、とても楽しかった。（「あとがき」新潮文庫『ぼくは勉強ができない』）

2　この主人公には、もし高校のときにこういう子がいたらいいなという私の理想がすごく出てる。（中略）高校時代しっかり付き合った男の子は柔道部だったの。（中略）その人と秀美くんはかなり似ている。（原田宗典・山田詠美「対談　楽し懐かし高校時代」）

3　だって些細なことだけど、男の人がドアを開けて押さえてあげたら、格好よく見えるじゃない。そういうカッコよさ。男の子に一番効くのって、「もてないよ」っていうのがいちばん。もてるもてないって容姿だけじゃないもの。（江國香織・山田詠美「孤独な少女時代と本の大宇宙」）

主人公〈時田秀美〉は、作者の〈気に入り〉〈理想〉〈彼氏と似ている〉〈容姿だけじゃない〉などと、彼女にしてみれば比較的書きやすく、そして書いていることが楽しかったに違いない。だが、告白はまだある。

クラス委員長に決まった脇山茂は秀美を卑下する。しかし、大学に行くことしか考えていない脇山に、秀美は〈脇山の憤死しそうな顔〉といい、興味を持つ。秀美は、確かに原田の言説を借りれば〈勉強のできない人気者〉

〈いままでにないタイプのヒーロー〉〈先生に対しても、友達にも言いたいことをスバッと言う〉、そういう高校生である。ところが、この秀美も実は作者山田のかつての柔道部の彼氏と重なるという。彼氏は柔道のかたわらジャズをやり、酒などいろいろ山田に手ほどきをしたそうである。さらに、山田の発言はある。

そのころから、クラスで一番人気の純情可憐な女の子というのが嫌いで、「くそ」なんて思ってましたね。(中略)純粋なものに疑いを持っていた時期だったから、そのときの恨みが結構出ているのかもしれない。かわい子ぶることに対して異常な嫌悪感があったの。

〈どんな男も夢中になるだろう〉、登場人物である山野舞子から〈好き〉と告白された秀美は〈噛まれた唇に演技がある〉、無垢な美しさを持つ彼女に〈人々に無垢だと思われているものは、たいてい、無垢であるための加工を施されている〉との意識を持っている。しかし、そういう秀美はどうなんだというと、舞子には〈あんただって、私と一緒じゃない〉といわれ、〈他の人とは違う何か特別なものを持ってる〉といったって所詮〈自然体っていう演技してる〉と明言されてしまう。この物語内容もまんざら作者とは無縁ではなさそう。

社会が〈秀美〉を創ったかも　原田宗典「解説」によると、

大袈裟に聞こえるかもしれないけど、秀美君には新しいタイプのヒーローとしての資質が十分備わっている。憧れる対象があまりにも少ない今の日本だからこそ、現在進行形で高校生をやっている諸君が本書を読み、「時田秀美みたいな高校生になりたい！」と憧れてもらいたいものだと、僕は思うのだが。

ちなみに、この作品が発表されたのは一九九一年から翌二年にかけてで、当時高校生を取り巻く社会状況というとそこには少なくとも三つの現象があった。

①ルーズソックスの全盛　②女子高校生制服のブランド化　③単位制高校の登場

筆者もながく高校教員をしていたので女子高生のいわゆるファッションの変遷を見ることができた。〈ルーズソックス〉はどうも東京渋谷あたりがはじまりであったらしいが、職員会議ではずいぶんと問題になった。「あのだらしないズルズルしたソックスはなんだ」という。当初はある程度の規制は効をなしていたものの、市内の女子高生のごく一般的なファッションになってしまうと規制どころかかえって自然のようにも見えてきた。夕方、横浜駅から京浜東北線に乗ってきた女子高生達は一斉に制服であろう紺のハイソックスからブランド品のルーズソックスに履き替えて東京をめざす。

そのブランドは制服そのものにもあった。モリハナエデザインの制服だとか、とにかく普段街中を着て歩いても決しておかしくないブレサーが私立高校を中心に、それこそ競って取り入れられた。そして、自由な制服は高校の制度そのものとも関係していったようである。

都立新宿山吹高校が単位制高校として開校したのは平成三年四月であった。昔から高校といえば全日制と定時制、それしか馴染みのない人には理解困難であろう。「総合高校」と「総合科」、通信制高校はまだ理解できても「フレキシブル高校」となると、何だそれはとなるに違いない。

あのころ、〈現在進行形で高校生をやっている〉諸君は、はたして原田がいうような、つまり秀美にみられるようなキャラの持ち主に憧れていたのであろうか。地域性の違い、学力の面での違いを考えてみなければなるまいが、あえていえばガリ勉は敬意をはらわれてもそれだけで終わったし、スポーツ面でも高校生離れしている者に対してはやはり距離を置いていた。優しい男の子、とくに女性に対してそれこそ自然体で優しい男の子がモテたようである。教師に対して従順でもなく、さりとて反抗的でもない、ある独特なキャラが女子高生の憧れの対象になっていたようである。

〈語り手〉の推移をどうみるか 作品最初の「ぼくは勉強ができない」から「ぼくは勉強ができる」までの語り手は主人公〈時田秀美〉で、いわゆる一人称によるものである。しかし、最終章「番外編・眠れる分度器」になると、語り手は特定不能な第三者に変わっている。各短篇の発表誌が異なるからなのかも知れないが、物語内容から判断すると、「眠れる分度器」が時期的には最初に「文藝」に発表されていて、以後半年後に隔月で「ぼくは勉強ができない」が「新潮」に発表されていたことになる。ただ、一冊の単行本として編まれたときにはそれらの短篇の順序は入れ替わっている。最終章「眠れる分度器」の冒頭は、次の一文から始まる。

色のない写真がある。

これは、秀美が小学校の、十一歳の頃の写真である。「色のない写真」とは、記憶の中の写真なのであるためか、セピア色の写真であろう。

ところで、この第三者の語り手であるが、その語り手は〈時田秀美〉と考えるべきではないのか。秀美が小学校時代に過ごした複雑交錯化した生活、そして、彼にかかわった登場人物。それらを省みたとき、そして、秀美自身も人物の一員として存在していたことを確認すると、過去を語る人物として秀美を名乗ることがはばかられたのではないのか。つまりそれだけ現在に生きる秀美は、自分の高校生活に埋没していたと判断されるのである。

あらかじめ用意された〈格言〉 〈生命は哲学を凌駕する〉〈健全な精神には不健全な精神が背後にあるから生きる〉など、作品本文中にもっともらしい格言が記されている。これらは物語っている途中に突然出てきた表現とはとても考えられず、むしろこれら格言らしきものがあって物語られたと考えられなくもない。秀美は〈勉強ができない〉という。しかし、とんでもない、彼は巧みな表現でもって自分の生い立ちを語っている。「人は、お年になれば誰もが死ぬという事実は、孤独を伴わない」、なるほど、やはりそうか。納得。

（奥羽大学教授）

〈アナルセックス〉の嫌いな女は小説家になれるか——「120％COOOL」の跳躍——

須貝千里

「120％COOOL」は、一九九四年三月に幻冬舎より刊行された山田詠美の同名単行本の巻末に収められた短編小説。この小説について一言で断ずるなら、〈アナルセックス〉ができない奴は小説家になれない、となる。まして〈アナルセックス〉が嫌いな女など小説家になろうとすること自体、おこがましい、というように。〈COOOL〉とは「COOL」（クール）から派生した造語。この小説では、〈クール〉は単に「冷たい」「冷静な」ということではなく、そうした事態が「素敵な」「最高な」であることを示している。〈元々はジャズの用語〉で〈いまはすたれかけている言葉〉らしい。〈120％クール〉とは、その人にとっての〈完璧〉な〈クール〉でも、または他から見てその人が〈完璧〉な〈クール〉だということでもない。それはせいぜい〈100％クール〉。〈カミカゼ〉は、〈そのクールさはそいつの大きさにしか過ぎないだろ。その大きさを超えたときに、クールは人間を支配する〉と言う。それが〈120％クール〉。こうした事態に対して〈COOOL〉という綴りが創作され、〈120％〉と〈COOOL〉は呼応し、表題とされている。この作品の機能としての《語り》の必然である。この必然は読者をどこにつれていこうとしているのか。それは先に断じた地点……？

二月の終り、〈私〉は、既に一ヵ月ほどニューヨークに滞在している。この地にいることには〈特有の志〉などない。〈ただ散歩、ただ飲んだくれ、ただセックス、そして、まだお金になっていない小説を少しだけ書き、そして、その紙を丸めて捨てる〉だけの生活。この女は意味に対して疑いを持っている。しかし、解釈せずにはいられない女だった。〈漠然と日々をすごすことを無意味と人は呼ぶ。でも、本当に意味のあることなんてこの世に存在するだろうか。だとしたら、誰が意味を付けるのだろう。私には解らない。私のこれまでの人生に格言は、まだない。私にできることは受け止めることだけだ。身に起こる出来事以上に価値のあるものなど、私は、まだ知らない〉と思っている。しかし、こうしたことを思うこと自体が意味へのこだわりの現れである。

では、〈私〉がカフェで出会った日本人の男、〈カミカゼ〉とはどのような男なのか。この男は〈ぼくは、何の役にも立たないことが好きだ。僕は、いつだって、そういう存在でいたいな〉と言う。〈自分は、金持のいけすかない坊ちゃんで、ひまつぶしのために学生をやっている〉という自覚の上で。〈カミカゼ〉は世界が〈スノッブ〉〈俗物・似非〉であるとしか思わざるがえないがゆえに、意味を捨てた男だ。彼は、人間は〈皆、脳みそを持っている〉、〈でも、そこには、ぼくたちの求めているものがなんにもないんだ〉と言う。意味を求めて解釈しようとすればするほど、〈脳みそ〉の世界に巻き込まれてしまう。彼は〈脳みそ〉の外側を生きようと願う。そうでなければ、〈スノッブ〉の世界を超えることはできないから。その生き方は、〈それより〉という切り返しによる、直面する事態に対するかわし方によって生み出されている。〈カミカゼ〉は人との会話をこう切り返している。意味のための解釈を〈それより〉でかわしていく。これが〈脳みそ〉の支配から〈カミカゼ〉を解放する。この男はそのようにして世界の表層に留まろうとしている。

この超越がプラス〈20%〉の〈クール〉なのだが、それにより〈カミカゼ〉は深層を消去する。〈スムーズにいかないもの〉は、〈120%クール〉の男を、せいぜい〈100%クール〉の男にしてしまう。だから、いつも〈私〉と同様に〈アナルセックス〉が〈苦手〉。〈カミカゼ〉は〈私〉をからかって〈アニー〉〈アナルセックス〉が嫌いな女〉と呼ぶが、二人の関係はこの共通点の上に成り立っている。しかし、〈アニー〉は〈カミカゼ〉が〈苦手〉な小説を書く女でもある。いつも〈紙とペン〉を持っている。〈苦手〉ではあるが、〈スムーズに行かないもの〉に関心を持っている。〈小説〉に、きっと〈アナルセックス〉にも。だから〈それより〉の生活は壊されるぞ。〈カミカゼ〉よ、付き合うのはやめておけ。〈アニー〉は、本当は鬱陶しい女なんだから。〈アナルセックス〉が〈嫌い〉、〈スムーズに行かないものって苦手なのよ〉、生意気を言うな。〈適度な贅沢〉な暮らしがよいと言うなら黙っていろ。そして〈小説〉を書くことはやめろ。しかし、〈私〉にはそれができない。〈カミカゼ〉とのセックスに〈安心〉を感じながら、そこに留まっていられない女。〈どうして？〉にこだわる女なのだ。厄介な女だな。しかし、〈カミカゼ〉はこの難敵から離れられない。〈120％クール〉であり続けるために。この女にこそ〈それより〉を貫徹しなければならない。〈カミカゼ〉よ、だからお前は〈私〉の深層の声を〈それより〉の方法で消していくことにこだわっているのだろ。

〈私〉と〈カミカゼ〉の物語は〈スノッブ〉を軽蔑する黒人の〈ルーク〉と、いつも〈サックス〉を抱えているベルギー系フランス人の〈パスカル〉との、四人の物語に展開していく。〈ルーク〉とはセックスし、〈パスカル〉とはセックスしない。このことには〈重大〉な問題が孕まれているのだが、ここでは省略する。〈パスカル〉が親父との約束によって帰国し、〈ルーク〉とは〈前のようには、ファックできなくなるだろう〉と予感を感じ、また〈カミカゼ〉と〈私〉の小さな部屋で〈寝るようになるかもしれない〉との予感を感じている。そして、物語は一見、元の地点へ回帰していくかに思われる。

しかし、この回帰は〈カミカゼ〉の〈なんのために〉とともに〈それから？〉という言葉によって具体化していく。それゆえ、〈私〉の部屋への回帰は、〈脳みそ〉の世界への転回になってしまう。その部屋の窮屈さは〈脳みそ〉の世界の窮屈さとなっていく。このとき、〈カミカゼ〉は〈それより〉と言わなければならなかった。なぜなら、〈なんのために〉も〈それから？〉も因果の中で発せられており、解釈を誘い、意味に向かっていくから。この手記は〈冬の午後。ペンと紙。ワンハンドレッドトゥェニィパセント、クール。こんな男が良く似合う〉というように終わっている。しかし、〈カミカゼ〉が〈なんのために〉とともに〈それから?〉と発してしまった以上、〈私〉にとって彼はせいぜい〈100%クール〉の男に堕していくはず。このことは、〈私〉が〈120%クール〉を求め、それを〈紙とペン〉に託していく動機になっていくはず。ここに、この手記が書かれなければならない必然性がある。〈紙とペン〉にこだわる限り、物語の結末には反して〈私〉は〈カミカゼ〉とは別れていくことになる。〈それより〉が二人をつなぎ、〈なんのために〉と〈それから?〉が二人を引き離していく。しかし、これだけならこの手記は依然として手記でしかない。それ自体が〈脳みそ〉の中の世界だから。

〈スノッブ〉を軽蔑する〈ルーク〉、この名前自体がイカサマ師を示しており、〈パスカル〉はもちろん〈考える葦〉であり、〈サックス〉はベルギーで生まれた楽器であり、それへのこだわりは彼が故郷に生きる人であることを示し、〈カミカゼ〉は……、ということとの関係のなかに〈どうして?〉の女である〈私〉はいるが、未だ手記の書き手としてそのことに思い至ってはいない。〈私〉は《語り》の批評に晒される。こうした機能の働きこそが、〈私〉にとって〈スムーズに行かないもの〉の正体であり、小説「120%COOOL」が傑作たる所以である。それは〈アナルセックス〉と〈小説〉を等価のものとしている〈私〉に向けられている。

山田詠美は、〈私〉には未だなしえない〈ハドソン河沿いの売春婦の気分でものを書く〉ことができる人であった。この河はイギリスの〈航海者〉にちなんだ名前だそうだが、そうであるなら、この小説は、既にお気づきの方もいらっしゃることと思うが、漱石の「それから」と対置している。〈代助〉が〈カミカゼ〉なら、〈美千代〉は〈私〉。

であるなら、詠美は女漱石か。本当。

（山梨大学教授）

付記　作品の引用は『120%COOOL』（幻冬舎文庫）による。

『アニマル・ロジック』論——檻の中で見つけ出したもの——

岡田　豊

『アニマル・ロジック』（新潮社、96・4）は、ヤスミンの体内に生息する〈ブラッド〉によって語られる一人称小説である。微生物よりも小さい生き物の視点で、マンハッタンに生きるヤスミンやソウルらの生活を描き出し、時には人間たちを批評したりもする。一方で、この語り手は、ヤスミンの体内における、ブッラッドとブッラディ、ブラッドジュニアとのやり取りも描き出す。彼らは自由に人の体から体へと転移できる。物語はヤスミンを取り囲む人たちの生き方や考え方を描き出すとともに、体内での出来事も描かれる。もし、ヤスミンが死んでしまったら、この物語も終わってしまうわけだが、ブラッドという生き物に転移の能力があるために、ソウルの体の中に移り住み、物語は新たに作り出される形となっている。そこで、ブラッドの転移と、ソウルが〈おれが、受け継ぐのは、あんたからだ〉と言った〈受け継ぐ〉ということとを結び付けて読んでみよう。（注）

この小説には、血のつながった者たちによる円満な家族の形があまり出てこないことに留意しておく必要がある。ヤスミンは、小さな頃に両親を二人とも心臓発作で亡くしている。ソウルの父親は行方不明で、母親のシャロンはソウルの妹のトミカを殺害し、刑務所に入っている。ヤスミンの恋人のウィリアムは、妻と離婚し、娘とたまに会っている。そして、アニータの恋人のマックスの父親は娘に性的な関係を強要している。このように、血のつながった者たちの温かな《家族》の関係とは程遠い。つまり、血縁の関係が絶対的かつ無条件に幸福で健全だと言い切れない姿が描き出されているのである。別の見方をすれば、血縁家族に縛られないということでもある。すなわち、血の関係を超えた、親和的な人間の関係がここでは描かれているということになる。そのことを特にソウルとヤスミンとの関係で考えてみたい。

母親が刑務所に入り、妹も亡くし、伯母のところに引き取られているソウルはヤスミンの家に入り浸っている。ソウルにとってヤスミンは、〈血のつながりや、しがらみや、性的な関わりを、まったく持たない女性〉と説明されている点は重要である。

> 血のつながりもない。恋愛感情も存在しない。友情というのとも違う。しかし、確かなものが、二人をつないでいた。ヤスミンは、これまで、他人と自分がつながっているなどと感じたことはなかった。彼女は、自分がひとりきりでいると感じるのが好きだった。（中略）けれど、振り向けば、そこには彼の姿がある。群れをなさない彼女が、初めて、付いて来ることを許した小動物の姿がそこにある。（33、傍点は引用者）

ここには二つのポイントがある。一つは、〈血のつながり〉＝血縁の関係を超えて、ヤスミンとソウルとが強い絆で結ばれている点である。もう一つは、ヤスミンもソウルも動物にたとえられている点である。〈マンハッタンというトレイの上の動物園〉の檻の中で見つけ出したものとは、そういう強い絆で結ばれた関係の尊さである。ここで、もう一度、死ぬ直前での、ヤスミンとソウルとの会話を確認しておこう。〈ソウル、あなただって、お母さんから受け継いだものを持っているのよ〉とヤスミンに言われたソウルは、〈おれが、受け継ぐのは、あんたからだ〉と言う。母でなく、ヤスミンから受け継いでゆくと言い放ったこの場面は、檻の中で見つけた、堅い絆を大切にし、そこから学んだ多くのものを受け継いでゆくことを誓った場面と見ることができる。では、なぜ、動物にたとえられたのか。二人の間に堅く結ばれた絆が理屈で説明できないものだからにほかならない。

〈動物が本能以外の動機で他者に向かわないように、彼女もそれ以外の理由で関わりあったりしない〉と語られていることからも理解される。この姿勢を例えば、ソウルの学校の教師であるミセス・フィリス・リチャードソン（ヤスミンはミズ・オフィーリアと呼んでいる）との口論を参考にして考えてみよう。学校では人種差別をすべきではないと教育しつつも、いざ娘のイライザが黒人の恋人ラシャーンと交際していると知り、止めさせようとする。矛盾した言動をするこの教師にヤスミンは、〈男が自分に『ファックして』と言わせる瞬間には女性差別も人種差別も、まったく関係がない〉と言い放つ。これは、理屈や理性によらずに、本能によって、他者とコミットしようとする彼女の独自の考え方から発せられた言葉である。同様に、ヤスミンにとってソウルとの関係もそれだけ本能的で真実味のあるものだから、動物にたとえられているのだと考えられる。受け継ぐことを宣言したソウルにとってもヤスミンとの関係は同じ性質のものである。ソウルが、ヤスミンの遺体を焼いた後に残った灰をなめることで、彼女との一体化を目指し、絆を確認する。これは、改めて受け継ぐことを誓っているのである。

では、ヤスミンとソウルとの関係が、ブラッドの転移とどう結びついているのだろうか。

この小説の冒頭の1章と最後の34章とがよく似た語り出し方になっている点に注目しておこう。〈私の存在を見えざるものとして扱わないでほしい。私には意志もあるし感情もある。おまけに信じ難いことだろうが、自尊心もある。〉と語り出され、数行までは一致している。しかし、途中から、1章は〈私は、彼女に出会うまで、あらゆるところをさまよって来た〉となっているのに対し、34章は〈私は、彼に出会うまで、あらゆる物語を通過してきた〉という形になっている。ソウルの体内に転移し、再生したところでいったん完結する。そこには、ヤスミンから何かを受け継ごうと宣言したソウルと同様に、ブラッドも転移することで、一つの物語を終えながら、また新たな物語を語り継いでいくだろうことを予感させている。そのことによって、血縁の関係を超えた、親和的な関係が絶えることなく続くことが暗示される。それが、この作品のテーマではないだろうか。

マンハッタンは動物園にたとえられていた。動物園の檻の中は、動物たちが管理され、監視されているという点では息苦しいところだ。〈ミートマート〉は、〈夜に生きる人々を慰め続けた社交場〉であった。ここで夜な夜な戯れるゲイ（男性同性愛者）たちは差別を受けている。また、ジャズピアニストのリッチは、白人の恋人から〈ステレオタイプ化したジャズミュージシャンの姿〉を期待され、その役を演じることの苦痛を訴える。セクシャルマイノリティに対する差別や、人種差別がはびこっている。しかし、『アニマル・ロジック』の世界は、そんな暗さと重々しさだけではない点を読み落としてはならない。恋人ポールの死を心から悼み悲しむジャックの姿は読者の心を打つが、死を乗り越えて力強く生きようとするＨＩＶ感染者のジャックはたくましい。人種差別に屈しないリッチも強い信念をもって演奏活動を続ける。アニータとマックスが、家族を捨て、幾多の困難を乗り越えて結婚する。両親も妹も失ったソウルが、ヤスミンから受け継いで生きていく。差別や殺人、ドメスティック・バイオレンス、レイプ、近親相姦など、この街はたしかに暗い現実を抱えている。しかし、その中で生き抜こうとする力強さやたくましさも見落としてはならない。つまり、檻の中の動物たちの活き活きとした姿をも描いている。作品は多くの問題をそのような形で提示しているのである。

（駒澤大学専任講師）

（注）作品から離れるが、『アニマル・ロジック』について、作家の佐伯一麦と対談した際に、山田詠美は、〈日本における血の問題みたいなものを信用しすぎることを、私は避けている。（中略）しっかりと精神を受け継がせようと思った時に、やっぱりちゃんと受け継ぐものがあるんじゃないか。それは必ずしも血液とか、血筋というものじゃないだろうとも思うわけ〉と語っている（「シンプルで透明なところへ」96年6月「新潮」）。

『4U』——女王様の「私小説」——**野口哲也**

山田詠美が職業的責任感の強い倫理的な作家であることは、自らも認める評価として定着している。それは近年の文学賞選考委員としての仕事にも顕著だし、湾岸戦争時には文学者サイドによる反戦の署名を拒否して〈作家というのはああいう上の視点に立っては絶対だめだ〉とし、〈自分が何でも書けるという立場〉という作家的ポジションへの固執を明快に語りもした（『内面のノンフィクション』）。性愛・恋愛を基点としたホットな人間関係を描きつづける姿勢に、その意匠とは裏腹の懐かしさを感じるという早くからの評価も、そのような態度と無関係ではあるまい。同じことはさらに小説観・言語観にまで及んでおり、〈言葉自体が固有の運動を見せているものを文学と呼ぶべきかな〉と言う奥泉光に対し〈でも、私は、言葉以前の問題にも興味を持ちますね。伝達方法の選択肢のひとつとしての小説にね〉と、きっぱり言い放ったりもしている（『メン アット ワーク』）。クールと思われているものをダサいと言ってのけ、ダサいと言われるものをクールと主張する潔さがそこにはあるし、「感性」「ニュアンス」といった曖昧な言葉そのものがかえって表現を迂回してしまうことを嫌う作家だが、そのプロ意識は「語る言葉を持たないもの」の「ライフストーリー」を代弁するといったものではない。

山田詠美は〈書かれるべき一文が、輝いて待っているのが解る〉〈書かない人が、言葉にしようなんて思いつきもしないところで、言葉にしようともがいている人が小説を書く〉（『内面のノンフィクション』）と言うが、『4U』

にはまさに作家が「書けない」ことについて書いた、「私小説」の王道を行くような作品が収められている。主人公で作家でもあるめぐみが、かつて水商売をしながら〈何故、一字も、一行も書くことが出来ずに〉いたのかを顧みる「眠りの材料」である。初出翌月の「創作合評」（『群像』97・6）で既に、この小説の枠組みに注目が向けられている。つまり〈作家としての屈折〉と〈恋愛小説の部分〉とが、一人称による現在の語りと三人称による過去の語りによって組み合わせられ、それらが交差する地点に〈二人称単数、あなた、という主語〉が「書くこと」の原点として発見される構造である。合評者はこの二つの枠が〈上手につながっている〉（菅野昭正）ことを認めつつも、〈この短編自身にとっては非常に重要〉だが〈本当は、物書きであるという枠なしに〉〈ケンとふう子との関係のようなものがダイレクトに書かれ〉た方が魅力的（山城むつみ）、しかしそれでは〈もっと切実になってしまう〉〈これはそういう意味ではすごく余裕のある小説〉（増田みず子）と揺れている。「4U」のように〈言葉を尽くして自分の気持を説明する〉ことのない恋人たちの〈性器を使わない性行為〉にこそ〈確実にエクスタシーはやってくる〉という〈純粋な恋愛小説〉に亀裂が生じるからだ。

めぐみは他人の恋を〈症例〉として〈観察〉し、また〈書いている私ですら、主人公になど決して成り得ないというのに〉〈多くの人が、小説の主人公になりたがっている〉と考えるような無愛想な物書きだ。だが彼女は物語のなかで、その姿勢が過去／現在にわたって問い返される地点に「書くこと」の原点を見出していく。それをまず促すのは賢一による〈軽蔑〉の視線だが、彼自身は本を読まないにも拘らず、友人が物書きであることを誇らしく思ってもいる。すなわち、相対化された作家的自意識は、賢一の〈労る〉言葉によって再び反転させられるのだ。賢一からすればめぐみは〈あの子をなだめる言葉をいっぱい知って〉いるわけだし、それは白紙の遺書を〈読めるものにしよう〉という、二人にとって最も切実な問題に通じているからだ。こうした反転の連続にこそめぐみは〈自分の内に染み通るもの〉を〈言葉によって求め〉るという原点を確認しつづける。〈原稿用紙に字を書き綴る〉という大きな枠組みは、白紙の遺書を〈ライフストーリー〉によって埋めていく予定調和的なイメージではなく、〈解らないから書いている〉という矛盾を孕んだポジションを問題化している。それは、主人公＝恋人たちの視線によって作家的自意識が絶えず反転する、具体的な場所なのだ。

さて、『4U』に収められた他の作品は明確な〈物書きとしての枠〉を持つわけではない。たとえば「男に向かない職業」はSMクラブの女王様と客とが恋人同士になるという〈関係〉が〈ダイレクトに書かれた〉作品だが、山田詠美自身〈もしかしたら小説を書くことこそ心理的SM？〉と感じてもいるように（「マゾヒズムの心理と肉体」『文学界』03・4）、同時にそれは「書くこと」をめぐる「私小説」として読むこともできそうだ。〈マゾヒスティックな性的欲望は、欠片《かけら》もなかった〉という〈ぼく〉のSMに対する無自覚は、一貫して風刺的に描かれている。女王様として働く恋人に対する〈ぼく〉のまなざしは、本気／職業（演技）、あるいは支配者／労働者という固定的な二分法を手放すことをしない。〈ぼく〉がこの二分法のいかがわしさに突き当たり、自問してうろたえることがないわけではないが、思考を深めることなく再び安心してしまうのがそのキャラクターだ。そこでは〈みじめな自分をその人の前で許せるかどうか〉（「4U」）が試されているというのに。

対して恋人の無自覚なノリの悪さに苛立つあつ子は、〈私は、女王様なんだからね〉と文字通り両者のSM的関係に繰り返し言及している。確かに〈ぼく〉にとってノーマルで幸せな恋愛生活の極致は、頰を打ち合い、倒れ込んだあつ子を抱きしめる場面にも訪れている。しかしこのSM的展開では〈女王様なんだから〉〈本気なんだから〉という科白が連続し、泣き顔でそう言うあつ子の中では先のような二分法的思考は採られていないはずだ。〈プライド崩しの疑似体験〉としてSMプレイがあるのだとすれば、S／Mの区別さえここに崩壊していると言えるかも知れない。浮気がばれてひたすら謝る〈ぼく〉に対する冷ややかな詰問の後、一転〈私、岩男くんに抱かれたい〉と始まったセックスの場面にも〈ぼく〉の〈恍惚感〉は訪れるが、この展開こそ心理的なSMというものではないだろうか。実際あつ子は〈長いプレイ時間だったね〉という置き手紙を残して去って行く。

あつ子の口にする〈わざと死んでみようかな〉という誘惑の言葉は、〈本気で愛し合っている人たちがする〉〈究極のSMプレイ〉として本気／演技の二分法を決定的に無効にするはずのものだが、大枠としての〈ぼく〉の認識は、〈女王蟻を捜し出してつかまえ〉ようとしていた子供の頃から〈ちっとも変わっていない〉。あるいは百歩譲って〈幸福なボーイ・ミーツ・ガールは、類型の中にある〉という呑気な言葉も、〈凡庸な人間こそ、平凡な生活をないがしろにするものだ〉という省察と併せて好意的に読めば、類型の中にこそ具体的な幸福を見出すアフォリズムとして掬い上げることもできよう。が結局それが機能不全に陥ってしまうのはやはり〈ぼく〉の救いようのない鈍さと見るよりほかにない。あつ子との関係を隔てている二分法が廃棄・一元化されようとする一歩手前で常に躓きつづける〈ぼく〉は、性愛における「小さな死《petite mort》」たる絶頂《オーガズム》を垣間見ることができないという意味でも、ダイレクトなSM的関係を悲喜劇に導いてしまう不能者なのである。

〈解らない〉地点で書いている作家が、〈自我の崩壊〉に立ち会う〈労働〉を選んだ女王様に重なってくるのは言うまでもない。それは実に「男に向かない職業」かもしれないが、恋人＝客として関係を結べずに見棄てられた〈ぼく〉の姿もまた、必ずしも容赦ない批判のまなざしに曝されているようには見えない。だから地面＝心に穴を掘りつづけるという試みも、「4U」でのバスタブの残り湯、「メサイアのレシピ」の銀の皿、「天国の右の手」における失われた右手、「高貴な腐食」「紅差し指」の部屋の濃密な空気のような欠損や不在、待つ―待たれるというモチーフとともに「書くこと」のメタファーのように見えてくるのではないだろうか。

（東北大学院生）

引用の致死量――山田詠美『マグネット』――

池野美穂

短編集『マグネット』は、作者の「あとがき」にある〈きわめて個人的な罪と罰の物語〉という言葉に拠りつつ、〈前作『4U』に比べてもいっそうコンセプチュアルな内容〉であり、それは〈「最後の資料」に明かされているように、捜査一課の刑事だった義弟の言葉から「罪とは呼べない罪、罰とは呼べない罰をテーマにした短編を書き続けて本にしたいと」思った、その結実〉（清水良典「コンセプチュアルなフェロモン」「群像」99・6）、〈さまざまな人と人とのつながりと、それが引き起こす〈事件〉が綴られた作品集〉（野中柊「具体性と正確さの追求」「新潮」99・6）、〈九つの短編は、いずれもきわめて人工的な小説の技巧によって支えられながら、ある核にむかって手をのばしているように思われる〉（長谷部浩「技芸の行方」「文学界」99・7）、〈犯罪とみなされる行為は本当に罪なのか、と問う作品群〉（久米依子「山田詠美『マグネット』」『現代女性作家研究事典』鼎書房、01・9）といった捉え方がなされている。中でも、山田詠美自身が〈昨年他界した義弟に捧げたいと思う〉という「最後の資料」が他の八作品と趣を異にし、かつ、読後に強い印象を残すため、短編集『マグネット』全体の印象や評価が、ほとんどこの作品に引きずられているように思われる。もちろん〈きわめて個人的な罪と罰の物語〉集には違いないのだが、それだけではなく『マグネット』には、様々な文体上、構成上の試みをした作品がいくつも収められている。たとえば「LIPS」は全文が「　」と改行なしの会話文のみの六つのパラグラフで構成されているし、「アイロン」

は、ある朝の電車内での、主人公である女性の内的独白で、これは、ある限られた一定の非常に短い時間を内的独白で描いているという点において、さらに、短いセンテンスを繋げていく書き方においても、太宰治の「女生徒」を想起させる。また「瞳の致死量」がアルフレッド・ヒッチコック監督の映画「裏窓」を引用していることも容易に推測できよう。映画「裏窓」にも、原作の小説（ウイリアム・アイリッシュ（コーネル・ウールリッチの別名）『裏窓の目撃者』）が存在するが、小説『裏窓の目撃者』および映画「裏窓」と「瞳の致死量」を比較したとき、明らかに映画「裏窓」に近いことがわかる。本稿ではこれ以降、「裏窓」は映画「裏窓」を指すこととしたい。

「裏窓」は、大怪我をして車椅子でしか動けない主人公が、退屈しのぎに毎日向かいのアパートを双眼鏡で覗いていたところ、殺人事件を目撃してしまい、その事件に恋人と共に巻き込まれていくというストーリーである。主人公が動けない、という設定を上手く活かし、また、映画を観ている側も、主人公と共に覗きをしているかのような錯覚を覚える撮影手法で恐怖感を増幅させる、ヒッチコックお得意の〝巻き込まれ型サスペンス〟だ。「瞳の致死量」のダンケの本名はジェイムスであるが、これも「裏窓」の主人公ジェフを演じたジェイムス・スチュワートから採られていると考えられる。

「裏窓」と「瞳の致死量」を比較したとき、殺人犯に命を狙われ窓から転落するものの、間一髪で助けられる前者の主人公ジェフと、覗きに夢中になって窓から転落し命を落とす後者のメルシーという、結末の相違が見受けられる。「裏窓」のテーマの一つは、ジェフの向かいのアパートの住人が飼い犬の死を知って叫ぶ「隣人なら、互いの生死を気にかけるものではないの？」という言葉に表れているように、他人への無関心、であろう。ジェフと恋人のリザは、向かいのアパートで殺人が行なわれたと確信して以来、ただ覗くだけでなく、事件の解決を望み、そこへ積極的に介入していく。「瞳の致死量」のダンケとメルシーは、向かいのアパートメントで繰り広げられる様々な不幸を〈呆れたり驚いたりしながらも放って置〉き、ただ覗き見するだけだったが、ある日恋人の夫に銃口を向けた若い男の姿を見て警察を呼ぶ。だがこのときメルシーは〈他人の部屋をのぞいてたら大変なことが起こったって？　ただ通報したって悪戯と思われるだけよ〉と言い、自分は〈突然のソープドラマの出現に夢中になっていた〉。彼女は見すぎてしまった、つまり「瞳の致死量」を越えてしまったのだ。野次馬的な他人への関心はあっても、実際には他人と関わろうとしないメルシーの意識が〈罪〉なのであり、それが本作の結末に反映している。加えてこの結末は、感謝の気持ちをこめてお互いをダンケとメルシーと呼び合うという行為にも、実は暗示されている。母親を失い、絶望の淵にいたシンディは、そこから自分を救ってくれたジェイムスを〈一生、感謝するつもり〉で〈自動的に感謝の気持ちが積み重ねられる〉という理由から、彼をダンケと呼ぶダンケは、シンディが元気になったことで〈愉快な気分になって〉彼女をメルシーと呼ぶことにする。しかし、ありがとう、の返答は、結末で語り手がいうように、どういたしまして、である。どういたしまして、は、気にしなくてもいい、という意味を持ち、相手を気遣い、思い遣るための大切な言葉である。ありがとうを言い合う二人は、親密なようでいながら実は、お互いを気遣っていない。それは無関心であることと変わりはない。「裏窓」のジェフとリザは、結婚を考えているものの、住む世界が全く違うために躊躇しているという状況でもあり、お互いに対して決して無関心ではなく、覗き見た事件を協力して解決しようと試みた。ここに両作品の決定的な違いがあり、「瞳の致死量」のダンケとメルシーは、自分では認識していないながらもお互いに対してすら実は無関心であった、という〈罪〉により、永遠の別れという〈罰〉を受ける、という構図になっているといえよう。

「瞳の致死量」について長谷部浩は〈枠組みと趣向は絶妙だが、語り手の私の登場が唐突で、魔の辻は像を結ばない。〉（前掲）と指摘しているが、語り手の登場は実はそれほど唐突ではなく、作品の端々に語り手の姿が垣間見えている。にもかかわらずこのように捉えられてしまう原因は、覗きをしていた二人もまた、実は〈私〉という作中人物によって覗かれていた、と読まれてしまう最後のパラグラフの〈二人をのぞき見て来た私〉という表現にある。〈私〉を作中人物の一人であるととると、確かに不自然さが感じられてしまうのだが、〈私〉をあくまでも全知の語り手として存在していると捉えれば、語り手が物語（作品世界）を俯瞰することは不自然ではない。結末部におけるどういたしまして、という一言も、すべてを知っている語り手の〈私〉が発するからこそ、より一層アイロニカルな響きを持ってダンケとメルシーに投げかけられるのではないだろうか。

ところで山田詠美の引用のうまさについては、黒井千次が「最後の資料」について〈日記が非常に貴重なものであるというふうに書かれながら、「医師が診断結果を見ていった『……ねえ』のニュアンスが、ちょっと不安である。」という、死ぬ前日にかかれた最後の一行しか日記からの引用というのはない〉ことを指摘し、〈闘病記録で、そこに詳細な日々の記録があるということはわかるんだけれども、それについて一言も中身が引用されてもいないし、それが具体的に小説の中でも使われていないというところがおもしろかった〉（黒井千次、増田みず子、富岡幸一郎「創作合評」「群像」99・2）と評価していることに端的に現れていよう。〈具体的に小説の中でも使われていな〉くとも、メタレヴェルでの引用をすることで、小説全体にふくらみを持たせているのである。引用はある限度を超えてしまうと、盗用、剽窃、などといわれてしまう場合がある。しかし「瞳の致死量」は決してそこに留まらない。それは山田詠美が、現代にあって、より深刻さを増している他人への無関心さや、無関心でいることしかできないという〈罪〉を体感しているからであり、本作は今日的な問題を浮き彫りにする短編として完成しているといえるだろう。

（白百合女子大学言語・文学研究センター非常勤助手）

『A2Z』――intersection／二十六文字の官能――山下若菜

〈たった二十六文字で、関係のすべてを描ける言語がある。それを思うと気が楽になる。人と関わりながら、時折、私は呆然とする。この瞬間、私が感じていること、私が置かれている空間、私を包むもの、それらを交錯させたたったひとつの点を何と呼ぶべきであるのか。〉〈私が、今、感じているこの思い。それは、たった二十六文字で表記出来る程度のものなのだと、ただ溜息をついてしまいたい。〉

山田詠美の『A2Z』は、関係性を巡る言葉と実感、その幸福な一致への疑念と、溜息まじりのつぶやきから小説世界が始まり、

〈たった二十六文字で、関係のすべてを描ける言語のことを思い、気を楽にしたことがかつてあった。けれど、今、そのことにあまり意味はないように感じる。〉〈世界じゅうの言葉を組み合わせても、描き切れないのが、そもそも人と人との関係なのかもしれない。そんなふうに、あらかじめ諦めたところから扱うことを始める時、言葉は、飴が溶け出すように舌に馴染んで行くような気がするのだ。〉

と、関係性を完璧に表現する言葉への希求を軽くいなしながら、不完全だからこそ生じる言葉の官能性を照らし出す、起承転結の見事な対応関係で最終章が始まる。この冒頭章と最終章もさることながら、その間に繰り広げられる各章の構成も凝っている。「a」から「z」のアルファベットが頭文字の英単語を、順次、各章に一つ

ずつ潜ませて、〈人と人との関係〉性を実際に「二十六文字」でシンボライズさせる試みがなされているのだ。

このようにもスタイリッシュな骨組みによって描かれた世界とは、まさに山田詠美らしい、甘美で、それでいて可憐、時に勇猛でさえある恋愛模様である。主人公夏美は同業の編集者である夫・一浩から、女子大生と恋愛中であることを告白され、〈目の前で交通事故 accident を目撃してしまったような驚き〉を味わう。やがて夏美にもとびきり魅力的な十歳年下の郵便局員・成生という恋人が出来て、〈彼と一緒にいる一番新しい場所〉〈ここが目的地 destination〉とまでに初々しく、また大切に彼との時間を味わうようになる。

作中、夏美と成生の関係を彩るモノたちも重要な細部として洒落ている。例えばグラス。ワイン、シャンペン、ウィスキーなどを二人で飲む際登場するグラスは、夏美と成生の恋の行方と並行して選ばれている。〈リーデルのシャルドネ用ワイングラス三つ〉。〈ペアのバカラのエキノックス〉。〈白ワインを通した陽ざし〉が〈光り輝く〉〈指輪〉のごとく夏美の薬指に映し出される、カフェレストランのグラスなど。最初は夏美の羞じらいとともに選ばれた一つ多めの三つのグラスが、やがてはペアのグラスを購入するまでに進展し、終盤、儚く消える指輪の光源となったグラス一つへと移ろいで行く。

そして「Z」章、夏美の不注意でペアの「エキノックス」の一つが〈粉々に砕けた〉。〈同じ分量の夜と昼〉を意味する「エキノックス」の片方が割れたことは、夏美と成生の関係が壊れたことの明徴でもあった。夏美は〈そのことを残念に思いながら破片をつまみ上げた〉。〈恋をした自分を明確に認めたところから始まっている〉(『熱血ポンちゃんが来りて笛を吹く』)夏美だからこそ、壊れた恋の破片をも冷静に見つめる目を持つ。山田詠美の作品世界を闊歩する魅力的な女性たちに共通した目ともいえようか。

一方、夫・一浩と夏美の関係は、壊れそうで壊れない。敏腕編集者である一浩が、恋人と別れて夏美に弁明した旨は自分勝手であり、陳腐でありながら、どこかリアルでユーモラスでさえある。曰く、〈でも、おれ、自分らしくいるためにはナツが必要なんだよ。ナツの手がかかってないと駄目なんだよ。そのことが解っちゃったんだよ。ナツに手入れされてないと、おれ、自分の好きな男になれない〉〈身だしなみ。ただし、右も左も含めた脳みその…〉。

夏美が成生との恋愛を一浩に初めて告げるのは、その直後である。戻ってきた男と出て行く女。〈嘘も方便なんていう大人の所作など、私たちは永遠に身に付けることが出来ないだろう〉二人の、危機的な局面は、しかし、むしろここからもう一度二人の恋が始まるといってもよいほどに、優しくせつない。だからこそ家を出る夏美の胸に去来する思いは次のようであったのだろう。

〈私にだって、戻る家はここしかない。レントゲン写真X-rayはここにある。主治医志願だってここにいる。けれども、今、私のためにだけ処方された薬は、決してここにはないのだ。〉

夏美にとっての〈ここ〉はまた、二人の名脇役によって、作品前半で示唆されてもいた。一人は夏美の職場の先輩〈時田仁子さん〉である。この名を聞くと、山田詠美ファンならば瞬時に、『ぼくは勉強ができない』で周知の「時田秀美」くんのお母さん―を連想するだろう。それは深読みではない。本作では彼女とその息子の名前に始まり、家庭環境、職業、特徴など、全てがあの「秀美」くんの母親と同じなのだから。その時田さんは、夏美から一部始終を聞いて次のように言う。

〈はたから見たら、夫婦で恋人作ってよろしくやっちゃって、なんて思うかもしれないけど、人が恋するのは仕様がないじゃない。でも、恋って、やがて消えるよ。問題は、恋心の到達出来ない領域にお互いに踏み込めるかどうかってことじゃない？　二人の間には、その領域があって、そこのスペアキーをどこかに預けているような気がするの〉。

夏美と一浩の間に横たわる〈その領域〉〈スペアキー〉についてを、もう一人、直感鋭い新人作家〈永山〉は次のように言う。〈いいなあ。全然、違う道を歩いているのに出会う夫婦なんて。じゃ、森下さんと澤野さんは、いつも交差点で再会しているんですね〉。〈交差点〉で〈再会〉する夫婦―二人の心からの再会は、そこを〈ここ〉に変える。〈スペアキー〉でその〈領域〉を開くことと同義であろう。

本作を〈正しい子供みたいな野蛮さと真摯さで、大人たちの関係を解剖する小説〉と評した江國香織（『A2Z』「解説」）の指摘は、夏美を始めとする多くの登場人物たちの、強靱で情熱的な行動力と、感傷に溺れない理性と論理との見事な調和の世界をうまく言い表している。熱さと冷たさ、甘さと苦さ、子供と大人―そのどちらにも染まるまいとする姿勢は、作品末尾に、夏美が夫・一浩に寄せた〈強烈な欲望〉とともに、とりわけ、絶妙なねじれ加減をみせていて、格好良い。曰く、

〈恋の死について語り合うのは、大人になろうとしてなり切れない者たちの、世にもやるせない醍醐味だ。〉

情熱的に〈恋の死〉を語ることが〈やるせない醍醐味〉―成熟した「大人」と無邪気な「子供」の両界を自由に往還する登場人物とその世界。それが、夏美を支点にした成生との、そして夫・一浩との、恋愛模様〈A〉to〈Z〉。そしてまた、飽くなき二者関係を巡る〈A〉2〈Z〉。そのタイトルも、遊び心を交えながら、しかし几帳面に〈二十六文字〉を追いかけて、〈人と人との関係〉を紡いだ本作内容にふさわしい。それはちょうど冒頭章に示された〈人と関わりながら〉〈この瞬間、私が感じていること、私が置かれている空間、私を包むもの〉を〈交錯させたたったひとつの点〉が生じる、かけがえのない空間とその焦点を、言葉の網の目上に追いかけた山田詠美の、戯れつつ真摯な営みと言ってよいのかもしれない。

（大東文化大学非常勤講師）

『姫君』――《未完成》な関係の美しさ――猪股真理子

「姫君」（「文学界」01・5）は、姫子と摩周という二人の、関係の変化を描いた作品である。〈世界のために〉、〈姫子〉という〈源氏名〉を名乗る女と、山本摩周という〈定食屋の男〉は、とある〈真夜中の暮春〉に出会う。姫子は摩周の家に住みつき、段々と親密になり、彼らは〈この人を失いたくない、という強烈な願い〉を持つほどに互いを好きになるが、失うことを恐れるあまり、姫子はある冬の日に摩周の家を離れる。離れ離れになった姫子と摩周は互いの存在の重要さを実感し、姫子は摩周の元へ帰ることを決意する。しかし姫子は道中酔いが廻ったはずみで、駅のホームへと転落し死んでしまう。

〈泣けるオチまで付いていて、山田の原稿を盗み出してそれなりの絵を付けてそれなりのマンガ誌に投稿すれば即採用、てな感じ。〉（小谷野敦「朝日新聞」01・8・5）と評されるように、筋だけ追うと、一見陳腐な愛する者を失った哀しみ、を描いた作品のようであるが、「姫君」の特徴は、〈姫子の死〉を知った摩周の、悲嘆に暮れる様子が描かれないところにある。一般的に小説の登場人物の《死》とは、残された者の哀しみの深さや絶望感によって表現されることが多い。だが「姫君」は〈姫子の死〉によって、摩周が《生》に向かう場面で終わりを迎える。〈死は生を引き立てる。生は死を引き立てる。〉（「あとがき」『姫君』文芸春秋、01・6）、と山田が語るとおり、〈姫子の死〉は、〈耳のピアスを弄びつつ〉姫子を想いながら〈ベルトをはずしジッパーを降ろす〉摩周の《生》

によって引き立てられている。

このように「姫君」は、他の愛する者を失った哀しみを描く作品とは一線を画しており、注目すべき点はむしろ姫子と摩周という二人の関係を表わす語彙の多様さと、その言葉に表現される彼ら二人の変化の微細さである。

姫子と摩周はSM的な関係である。〈こらえている様子というのが、男を一番魅力的に見せる〉という姫子は、摩周に対し心理的に物理的に様々なS的な行為をする。姫子は、摩周を〈支配〉し〈抱き〉、〈犯し〉、〈奪い〉、〈押し倒〉す。しかしいつしか、二人は自分達の本当の姿に気付き始める。摩周に命令をする姫子は、〈それが口をついて出る時、わたくしは、この男のことしか考えていない〉ことを知る。〈姫子さんに支配させたい。このおれを〉、と思う摩周は、実は〈抱かれているようでありながら、自ら貪っている〉のである。この事実が決定的に二人の前に突きつけられるのが、姫子と摩周が共に夜更けに公園に行く場面である。

〈摩周は、つかんでいる両手首をわたくしの後ろに回わし、そのまま木の幹に体ごと押し付けた。それは、初めて彼のする乱暴な仕草だったので、わたくしは、呆気に取られた〉とあるように、摩周のこの行為によって、二人の関係は変化する。姫子に力ずくで口づけたはずの摩周は〈今までで、一番、姫子さんに犯された気がしてる〉と言い、彼を見た姫子は〈わたくしは、彼を、今一番犯している〉と感じる。ここで描かれるのは、《犯す》ことがすなわち《犯される》ことであり、《犯される》ことが《犯す》こと、という逆説的な二人の関係である。

しかし、姫子は〈犯している〉自分が実は〈犯された〉、という事実に抵抗する。〈いとしさに強姦されるのが恐〉い、という姫子は逆に摩周を〈いとしさ〉で〈強姦〉し返そうとする。当初は〈彼の頬を拳で殴り付けた〉ぐらいに、嫌がっていた摩周のギターの音色を、姫子は〈身動きも取れずにうっとりとして〉聴くようになり、そんな彼女を摩周は〈自分の意志で〉抱くようになる。姫子は、〈苛立ちを、前とは、まったく逆のやり方で証明しようとしている〉のであるが、〈犯され〉ることによって互いを〈犯している〉という関係が、二人の間で逆転し続けることによって、逆に彼らは〈互いが近付いて離れにくくなって行き、途方に暮れ〉る。ここで描かれるのは、能動が実は受動であり、またその反対が成り立つという関係だ。しかし能動が実は受動、受動が実は能動、という関係の逆転を重ねていくうちに、姫子も摩周もお互いが〈犯している〉のか〈犯され〉ているのかが不明瞭になっていく。受動も能動も結局は同じことであり、犯す・犯される／奪う・奪われる／支配する・支配される、などの言葉は意味を失い、能動である姫子、受動である摩周、という役割も消滅していく。

〈本当は、支配されるのも支配するのも、同じなのかもしれない。支配していると思いこむ事。支配されていると思いこむ事。それらは完璧に意味を失い、ただそこに残った愛情を、人がどう料理するのか。大事なのはそれだけなのかもしれない〉（金原ひとみ「解説」『姫君』文芸春秋、04・5）、との言葉のように、姫子と摩周はそれぞれ、能動である自分、受動である自分、という役割を失った後に、〈抱くのでもなく、抱かれるのでもなく、抱き合うことが出来るよう〉な関係を想い、再会を切望する。しかし結果的に成就しないまま二人の関係は終る。〈抱き合う〉関係とは何であろうか。それは受動でも能動でもない、個体と個体の結びつきのことを示唆するものである。そこにはSM的な役割はなく、過剰なものや不足するもので互いを補完し合うこともない。

摩周は姫子にとって〈クロスワードパズル〉である。〈摩周のあのこらえた表情。わたくしのためだけに完成されたクロスワードパズル〉、と姫子が語るように、彼女にとって摩周とは〈完成されたパズル〉であった。対して姫子が、〈彼が、わたくしにとってのパズルなら、わたくしだって、そうなのではないか〉と気付き、〈彼に完成させないまま逃げ出してしまった。わたくしは、欠けたパズル〉と語るように、彼女は自身を《未完成なパズル》であると感じている。摩周を〈完成されたパズル〉と感じる姫子は、再び摩周に会いにいく。姫子が摩周への再会を決意したのは、自分も摩周に〈完成〉させられることによって、受動や能動の関係から脱出した〈抱き合う〉関係になれると考え、そのことに希望を見出したからなのではないだろうか。自分も相手に〈完成〉されることによって、姫子と摩周は完成されたもの同士、対等になれるのである。姫子は〈抱き合う〉関係を目指したからこそ、摩周に〈完成〉されにいく。

しかし姫子は、パズルが〈完成〉する前に、駅の〈ホームのはしを踏み外し〉死んでしまう。つまり「姫君」は姫子と摩周が《未完成》な関係のまま、〈抱き合う〉直前で話が終わっていると言える。もし姫子が生きていて、摩周と再会し〈抱き合う〉関係になれたとしたら。それは、二人の関係が終る可能性を持つことを意味している。始まっていないものは、終らない。《未完成》なものは壊れない。《死》が《生》によって成立するように、〈犯している〉ことが〈犯され〉ることへと繋がっていたように、一つの新しい関係の始まりは、終わりへの一歩なのである。「姫君」の姫子と摩周の恋愛は、その《未完成》な〈関係〉ゆえに、終らない。

〈クロスワードパズルは一向に完成せず、だからこそ、わたくしは、彼に意欲を持ち続けている〉、と言う姫子が、〈完成されたパズル〉である摩周に自分も〈完成〉させられた時、二人はどういう関係を築いていったのだろうか。《生》と《死》が互いを引き立て合うように、「姫君」とは、〈欠けたパズル〉と〈完成されたパズル〉が引き立て合う、《未完成》な関係の美しさが描かれた作品なのである。

（武蔵野大学大学院生）

『ＰＡＹＤＡＹ!!!』――九・一一と給料日――小林美恵子

『ＰＡＹＤＡＹ!!!』（03・3、新潮社）は、二〇〇一年のニューヨーク・ワシントン同時多発テロ事件、いわゆる九・一一で母を失った双子とその家族の物語である。すでに一家はばらばらに分解してしまっており、それぞれが家族に代わる愛情の対象を得てはいたが、突然、理不尽な理由によって母を奪われたことは、一七歳の兄と妹に大きな衝撃を与える。残された彼らは、生前は真剣に対峙することのなかった母と記憶を通して向き合い、彼女への愛を再確認してゆく。それは、何をもたらしたか。

刊行時の帯には、〈山田詠美が青春小説に帰ってきた!〉というコピーが付されている。愛と死という重いテーマを、若い兄妹の姿を通して、明るくかつクリアーに描き出してみせるこの小説は、たしかにこれから人生に漕ぎ出すティーンエイジャーにこそ読まれるべき作品なのかもしれない。が、その意味を考えることなく大人になってしまった人々にも、数々の示唆を与えてくれる。

イタリア系の白人の母とアフリカ系の黒人の父とは、一年前に離婚しており、家族は父と息子、母と娘に分かれて暮らしていた。その日、妹のロビンは住み慣れたニューヨークで、ワールド・トレイド・センタービルを職場としていた母の死を、目の当たりに体験させられる。兄のハーモニーは、祖母やウィリアム伯父さんもいるサウスキャロライナの家で暮らしていたが、母と衝突したままこの地へ来てしまっていた彼にとっても、母の喪失は消えない痛手を負わせることとなった。ほどなく、一人になったロビンもこの美しい南部の地に越して来る。再び一つ屋根の下で暮らすようになった双子は、母の死について語り合い、それぞれの恋を深め、少しずつ大人に近づいてゆく。大切な人を失うことの痛みを真摯に受け止めた二人であるからこそ、周囲のティーンエイジャーがまだ手に入れられない、すばらしい恋愛をも手にすることができるのだった。大切な人の死は、人を愛する力を高め、他の誰かを愛する新たな力をもたらす。この小説は、愛する人の喪失と新たな愛情の獲得が、決して相容れないものではなく、むしろ必然的なつながりを持っていることに気づかせてくれる。それは、死や別れに対する怯えを取り除き、人生に対して楽観的になる勇気を与えてくれることにもなろう。

この作品を魅力的にしている要因に、ハーモニーやロビンの個性が挙げられるが、双子というきょうだい関係は、そうでない人たちに、時として強い興味を抱かせるものではないだろうか。一つの胎内に同時に生を受け、同時に生まれ出て、全く同じ環境で育ち、多くの場合その容姿はほぼ完全な相似形をみせる。それでいて彼らは、当然のことながら全く別個の人格を持ち、それぞれの世界を確立してゆく。ハーモニーとロビンは異性の兄妹であるせいか、似ているところよりもむしろ違いのほうが際立ち、互いの凸と凹、プラスとマイナスが組み合う部分で、彼らが双子であることを強く感じさせられる。気ままで投げやりともいえるハーモニーとしっかり者のロビン、優しく大きな包容力を持つハーモニーと生真面目で不器用な面をみせるロビン、要求ばかりする母を憎み、拒絶したハーモニーと母の傍を離れなかったロビン。そして、ハーモニーは男で、ロビンは女である。兄妹は、自分の身に起こった理解しがたいさまざまなことについて、お互いが相手に教えてやることができる。

むろん二人はそれぞれに自立しており、補い合う関係というべきではないが、彼らをみていると、もとは一つの魂であったものが分離した姿であることを、強く感じさせられる。主人公を、年齢差を持つ兄妹でなく、双子に設定した作者には、このねらいがあったように思われてならない。異性の双子によって象徴される血縁関係のジグソーパズルは、一つの家族が愛情という楔を失いばらばらに散っても、否、散ってしまったからこそかえって、自分の凹みを埋めるもう一つのピースを強烈に求めるものであることを教えてくれる。つまり、『PAYDAY!!!』は青春物語である前に、家族の物語なのである。

音楽を含め、なにかとエグゼクティヴを要求する母を拒み通したハーモニーは、母の死後、〈一生会わないと決意することと、一生会えないと宣告されることとは、あまりにも違う〉と思い知る。これまで家族がばらばらに生きてこられたのは、それぞれが元気でいたからだ。一人が死んだことで、〈家族の誰もがお互いの一部分を形作って、それをもう引き剥がすことは出来な〉くなる。もとは一つの結合体であった家族だからこそ、ばらばらのピースに散ったとき、自分のからだの輪郭から失った相手のからだを描くことができてしまう。ハーモニーがたどり着いたこの家族愛の形は、ロビンが恋人のショーンに求める異性愛と重なりをみせる。〈自分ではない人の眼差し、息づかい、手触りで、私という存在を確認したい。私が生きているという事実を解らせてほしい〉。双子たちは、母の死によって、人を愛するということが、一方的な感情の流れでなく、互いが互いを通して自分を知ることであることを理解してゆく。

ハーモニーは、人妻・ヴェロニカと激しい恋に落ち、ロビンは年上のショーンとの恋を順調に育んで行く。父親にも、母と似て非なる恋人ができていた。母の死後、三人はそれぞれに母の記憶との対話を繰り返し、彼女への生前以上の愛を確認し、それによってほかの人を愛する力を高めていった。一つ一つの深い人間関係の構築は、それが崩壊しても、新たなより深い構築をもたらす。たとえば、ヴェロニカと別れたハーモニーは、ロビンの目にも、一層の魅力をたたえた青年として映るようになる。大切な人の喪失が、彼を成長させた。そして、彼は間違いなくこれからすばらしい恋愛を手にするだろう。大切な人を失うと、人はどうなるのか。ここには、説得力のある一つの答えが示されているといってよい。

ところで、この家族のありようは、あくまで明るく温かい。深刻な物語が、爽やかな味わいの中に完結するのは、舞台がアメリカであることに負う点が大きいのだろうか。

今の日本の家庭で、親と子が涙をみせあい、フランクにそして真剣に語り合い、かつ、ユーモアを忘れずに日々を送り、互いが家族であることを喜び合うというシーンはどれほどあるのだろう。シャイな国民性、というだけでは言い訳の利かない何らかの欠陥がありはしまいか。むろんアメリカの病んだ部分を見ずして、安易な羨望を抱くのは慎まなければならないが。

しかし、ＰＡＹＤＡＹ—給料日に対する思いは万国共通のものだろう。いろいろあったけれど、そういえば今日は給料日だっけ、と気づいたときの、小さいけれど確かな幸福感は、山あり谷ありの長い人生を乗り切る支えに他ならない。このタイトルには、たとえ大切な人を失うという大きな不幸に見舞われても、〈少なくとも給料日には幸せになれる〉、そんな人間の図太さ、強さを讃える気持ちが込められていよう。

読後に、ハーモニーでも、ロビンでもなく、二人の伯父であるアルコール中毒のウィリアムの姿が残像として焼きついていることを挙げる読者は少なくあるまい。それは、深い哀しみを奥に隠しながら、ちょっと間抜けでちょっとおかしく生きてゆく彼の姿が、今日はペイデイだ、という歓声を潤滑油に生きてゆく、この一家の姿を象徴しているからに違いない。『ＰＡＹＤＡＹ!!!』は、国際テロが誰の身に降りかかってもおかしくない危険な時代に、何があっても愛することを止めないで、図太く生きてゆこうと呼びかける、作者からのタイムリーなメッセージなのである。

（日本女子大学非常勤講師）

『シュガー・バー』——星野久美子

周囲の誰しもが『だっくす』だとか『漫画新批評体系』だとかを読んでいた頃、コミケがコミケットでさえなく（米澤さんに哀悼の意を捧げます）みんなが鎌田や麹町に通っていた頃、私は山田双葉が嫌いだった。

まず絵が嫌い。これはたちの悪い理由だ。漫画の場合、別の要素で評価を修正できなくなる。内容に入る前に、文章の呼吸の好き嫌いよりずっと高率に作品を《はじく》。身もふたもない話だ。

うまい下手ではない。線は充分下手だったしこれはカバーしようがないが、絵の下手さはｓｏｓｏだと思っていた。そして絵の方の下手というなら、当時の諸星大二郎なんか充分下手ウマに近いレベルだったと思う。でも諸星はあの絵でなければ、とファンなら誰でも思うでしょう？　下手だから嫌いだったのとはちょっと違った。

絵柄でもなかったと思う。私の感覚では山田双葉の絵柄は当時の柴門ふみに似ていた。デビュー前に全国レベル二百人を数えるファンクラブをかかえていた時代の柴門ふみである。その、ふーみんクラブに加入して〈寒い冬の朝は走るしかない〉なんてときどき口走っていた哲郎君ファンが、なぜ同類項の（だと見えた）山田双葉はだめだったのだろう。だめ、は嫌いと違うというなら、そう、私は山田が嫌いなのではなくだめだったのだ。

豊富な小道具、というのが大好きである。細部へのこだわりも、大好きである。漫画では特に。山田漫画はそれらにも恵まれている。使われるブラックアメリカンな小道具に、チョコバーにもディスコにも香水にもなじみはまったくなかったから、そこで引いたのだろうかと思い返すと、そうでもないのだ。だから、当時の私が山田漫画から学んだのがＫＯＯＬの味くらいだったのは、きっと趣味の違いによるものなのだろう。

生活様式の趣味の違いは大きいかもしれない。だがそれは決してアメリカン・ライフ・スタイルが、ではない。なぜなら私は執拗に今だに故三原順のファンをやっているからである。三原のアメリカンな舞台も小道具もそして登場人物の心理さえも私にはなじみのない世界なのに、いやもっと言えば絵柄もダメの部類なのに。そう、三原もまた、過剰に少女漫画だった前期も過剰にリアルだった後期も、私にとっての絵柄がダメの部類だったのだ。それで三原と山田の違いはどこにあるのだろう、と考える。モノへの執着？　いやそうではない。細部へのこだわりが生きるのは細部に（例えば細部のひとつであるモノに）物語を展開させる技術による。三原漫画は細部という意味のすべてにおいて典型である。山田漫画ではむしろ小道具への執着のなさをこそ表現するために小道具は小道具として置かれてあるがしかし。例えば男を変えると小道具も変えるのは、逆説的にはモノへの特殊な執着のありさまなのだ。執着がなければモノを変えたりしない。三原順の細部と絵柄は圧倒的なレアリスムで（言うならばダメを突破して）表現したい欲望を読み手に撃ち込んでくる。もしかすると、山田双葉の絵柄がだめだった私は、このだめ、を突破するなにものかを山田漫画から受け取れなかったのかもしれない。

山田双葉の《表現したい欲望》はこうしたライフスタイルそのものと、黒人の魅力、だと私は思っていた。そしてそれらに反応する己れの内面、か。黒人ではなくて《男の好み》とするなら山田と同世代の少女漫画家にも神坂智子や森川久美のように異文化異民族好きはけっこういる。しかし私は、山田双葉に並べるなら作風も含めて鳥図明児が意外と近いと思っている。鳥図の好みはアーリア系らしいが。人格の前段階に人種が来る、は暴論すぎるとしても、人格の前段階にセクシュアリティが来る、という現象は検討課題だと思うし、人種がセクシュアリティの要素となるのも異例ではない。つまらない伝記的事実は措いて、彼女の「アフリカ遊び」を山田双葉に並べてみよう。何しろ両者、線と絵柄に関しては似たもの同士というか似て非なるもの同士というか、まずは少女漫画に決してなじまないタイプである。少年・青年漫画としても鳥図の方はなじまないが。端正の対極にある〈ひららんな〉絵を描く。鳥図の絵は謂わばA．クビンのペン画のように線で塗り込めていく、流動するエスニック世界である。この流動しつつ変容する万象の世界観が、鳥図をして神林長平ファンクラブへと走らせたのだろう。下手である。かつ《小道具にこだわる》。例えば、「ヨコスカフリーキー」と「アフリカ遊び」の違いは何か。だってこの二作品は全然別ものだ。読めば誰でもそう思う。それなのに、である、心に人種的文化的な傷を負った黒人少年である。己れの自負心は強烈である。日本では、寄ってくる女は後を絶たない。別ものなのに。

仄聞するところ山田双葉は「ヨコスカフリーキー」を編集部の求めに応じてお涙頂戴ラブストーリーにせざるを得なかったという。そこでJBの純愛部分を取り除く意味で「メモリーズ・オブ・ユー」をさらに横に置いてみる。「アフリカ遊び」の視点人物は黒人少年のニーダ、相手役の智恵子の内面を知ることができずに最後まであがく話である。「メモリーズ・オブ・ユー」の視点人物はヨーコ、ボーイフレンドのリロイは基地勤めだがやがてステイツに帰ることになり、切ない別れをする。「ベッドタイムアイズ」と同じ設定。二人の関係は濃密で、そこに文化的境界は存在しない。ヨーコとリロイが同じ社会に所属しているところから物語は始まっている。逆に言えば文化的距離感のなさが濃密性を保証しているわけで、この点はJBとゆう子も同質である。対するに鳥図漫画での距離感の方は、彼女が表現したかった対象が文化全体への好みなのだと解釈すれば必要だった。

河野多恵子みたいな閉塞感は大好きだけれども濃密な人間関係にはそれなりの《説明》の長さがほしい、異文化横断モノはそれ以上に好きという私は、山田漫画のいきなりの濃密性に乗っかりきれなかったに違いない。

このようにして八〇年代に入った頃に、私は山田双葉を忘れた。『ギャルズライフ』が読者層の把握ができずに店をたたんだ時分、山田双葉がひざまづいて脚をお舐めな人生を送っていた頃である。

その後、山田双葉は山田詠美に変貌した。当時の私は思った。この人は絵より文章表現の人だったのね、と。一般には文章より映像の方が情報の密度は高い、ことになっている。先年の「姑獲鳥の夏」映画化に際してメイキングで原作者が言っていたように。「ボクらは〈榎木津強い〉って書くだけでいいけど、役者さんは本当に動かなきゃなりませんからねえ、大変だ」漫画家が背景の小間物すべてを描かなければならない苦労を語るのを読むのは茶飯事といえよう。ところが、山田詠美は山田双葉より情報が濃い。多寡ではなく密度がである。双葉の画面は白い。《背景の小間物すべてを描》けば白くはならなかったろうが彼女はそれを嫌った。単行本『シュガーバー』にまとめられる頃の絵になると、人体の容量まで減って、一瞬倉多江美かと錯覚する程である。そうした美意識の持ち主にとって、《小道具と細部にこだわる》性癖は矛盾である。すなわち、漫画ではだめなのだ。良くも悪くも《平坦な》文字宇宙ならば、すべてを描写せずにしかも、こだわることができる、そう、山田詠美は見切ったのではないのか。

画面において、ムースやチョコバーのロゴを細かく描き込みながら背景に何も入れないのは平衡を欠き、これを突破する技を山田双葉は開発できなかった。だが、文字宇宙に隙間はない。好きなものだけを登場させ、〈のように〉を使ってそれらを繋ぎ合わせる。表情の個性はコマ一枚というわけにはいかない代わりに、そこに視点人物の思い入れをたっぷりと重ね合わせることができる。そして隙間はない。セックスと食事が見分けのつかないほどに融合する「ベッドタイムアイズ」で事細かな料理の手順を読まされる時、私たちは山田双葉が自分の絵柄ではできなかった描写をついに手に入れたと、感じるのだ。

（東京都立南葛飾高等学校教諭）

『ポンちゃん』シリーズ／『AmySays』の世界——矢澤美佐紀

——二つの領域で遊ぶ詠美——

女性向けファッション誌の「Grazia」（グラツィア）（講談社、05・5）で、山田詠美の「大特集」が組まれている。「ビバ自分!!」をキーワードに、詠美の多彩な人生が、親友達（島田雅彦や北方謙三）のコメントを交えて紹介されている。勿論ファッション誌だけあって、定期的に開いている朗読会の光景や部屋に何気なく置かれたお気に入りの小物、詠美的空気に統一されたキッチンやリビングの写真が、押さえた光線で美しく掲載されている。

「ビバ自分!!」とは、〈もう何年も前、私たち仲間がたむろしていたパリのカフェで生まれた〉もので、〈嬉しい時も、ブルーな気分の時も〉これを叫ぶと、何故か前向きな気持ちになると語る。

ただの自己本位の肯定だろうって？　違います！　これは、自分を愛するためのマジックワードなのです。そして、自分を取りまく人々への深い愛をも生む言葉なのです。この言葉から、ハッピネスの連鎖反応が始まるのです。自分自身を認めてあげないで、どうして自分以外を愛せるでしょう。なんて。ほんとは、ちょっぴりやけっぱちの入った言葉です。

山田詠美は、世の中の「良識ある人々」からすると、かなり逸脱したかに見える自分がとても好きだ。そんな自分と気の合う人間を独特の嗅覚で嗅ぎ分け、仲間を愛し大切にする。時には、行きすぎた行動や失態を演じて自己嫌悪に陥ることもあるけれど、持ち前のパワーでたくましく這い上がる。嫌いなものは嫌い。いいものはいい。おかしいと思ったことは、おかしいと言う。勿論そうした生き方にはリスクがつきものだが、人間の本質とは関係のないことではビクともしない。現在の作家的地位は、ある意味特権階級だ。しかし同時に、そんなステイタスを無化し、自らを茶化して常に相対化するような生き方を選択しているところがまた痛快なのである。

詠美は、彼女の作品世界と生き方をこよなく愛し、独自なファッションセンスを信奉するコアな読者を保持している。圧倒的に女性ファンが多いが、彼女たちに向けて自分の私生活を思い切り晒しつつ（最愛のパートナーの固有名詞はしっかり伏せている）、「ビバ自分!!」主義のメッセージを託して書かれたのが、エッセイ・『ポンちゃん』シリーズであり、『AmySays（エイミー・セッズ）』だ。

けれど、この二つのエッセイに漂う空気は非常に異なり、詠美が持つ二つの世界が象徴的に展開されている。すなわち、彼女が持つ明と暗・コミカルとシリアスといった対照的な側面がかなり描き分けられているのだ。この二つの領域を自在に往還しながら、彼女は肩の力を抜いて自己語りを楽しんでいる。非常にナイーブなテーマが扱われる創作活動での苦しい精神バランスをうまい具合に保つため、複雑な思考世界に爽快な風穴を用意しているのだろう。発表誌も、前者は「現代小説」・「月刊カドカワ」・「小説新潮」で、普段のフリーでハイテンションなしゃべりの文体で語られているのに対し、後者は主に「中央公論」や新聞等のやや硬派な掲載誌が中心であり、より論理的に比較的ストイックな調子で述べられているのが特徴だ。

ポンちゃんシリーズは、現在も「小説新潮」で「熱血ポンちゃん膝栗毛」というタイトルで連載されている人気エッセイで、最新刊は『万延元年の熱血ポンちゃん』（新潮社、05・11）である。このシリーズは、『熱血ポンちゃんが行く！』（角川書店、90・4）に始まり、『再び熱血ポンちゃんが行く！』『誰がために熱血ポンちゃんは行く！』『嵐ヶ熱血ポンちゃん！』『路傍の熱血ポンちゃん！』『熱血ポンちゃんは二度ベルを鳴らす』『熱血ポンちゃんが来たりて笛を吹く』と続き、有名文芸作品をもじっているのがおかしい。「ポンちゃん」とは彼女の愛称で、「時に応じて「ポン」「ポン助」「ポンタロー」とスペルが変化する」との自作解説がある。おどけて、しかし自己愛たっぷりに、時にはやけっぱちに自称する「ポンちゃん」。この独特なスタンスで、米軍兵士である黒人の夫、彼の家族と自分の家族、血肉化している黒人文化（ジャズ・ソウル・文学）、よく出かける大好きなニューヨークや様々な外国の話題、料理やとことん飲むことの楽しさや、ファッションや趣味といった生活全般へのこだわり、家族同様に付き合っている編集者（こちらは固有名で登場）や友人とのエピソード等が、強固な信頼関係を基調にして、ユーモラスでエネルギッシュに、けれどかなりシビアに語られている。

（前略）ともかく、人間は、いつ死ぬか解らない。だから、死ぬ時、悔いが残らないように、充実した毎日を過ごしたい。なんて、私が、そんなことを言うと思う？　悔いの残らない死に方なんてあるのかなあ。少なくとも、私の場合、あー、もう一回、セックスしときゃ良かったとか、くそ、あの時、「とんき」のとんかつ残さなきゃ良かったとか、ちえっ前田日明をもう一発、殴っときゃ気が済んだのに、と思う筈である（なんか、話が卑小な方向へいくみたい）。（『再び熱血ポンちゃんが行く！』）

ちなみに前田日明とは飲み友達で、飲んだくれて彼を殴ったことがあるらしい。ともかく、こんな風に軽妙なパンチが次々と繰り出される。『ポンちゃん』にしろ『AmySays』にしろ、そこで繰り広げられる詠美ワールドには、タテマエとか偽善とか偽悪などは一切存在せず、自分にとって大事なものを大事にするという、とても潔い生き方があるのみなのだ。『ご新規熱血ポンちゃん』（新潮社、04・11）の表紙には、実際の作者が写真で登場し、正に等身大の詠美がそこにいるという印象だ。〈ケータイもテレビもない〉シンプルな日常を送る中で、9・11テロをさり気なく語りつつ」、〈書を捨ててバーへ行こう〉と、相変わらず仲間と楽しく騒ぐ小気味よさを放出している。

しかし実際の彼女の猛烈な読書ぶりは、エッセイを読めば明白だ。影響を受けたという『もうひとつの国』のボールドウィンをはじめとする様々な外国文学から、武者小路実篤、瀬戸内寂聴、中上健次、武田泰淳、壇一雄、田辺聖子……と、読書領域は非常に幅広くて柔軟。交友関係もかなりバラエティーに富んでいて、宮本輝等意外な人物の登場にはしばしば驚かされる。

『AmySys』（新潮社、99・8）には、続編とも言うべき『AmyShows』（新潮社、99・8）がある。この二冊を代表するのが、「アイダに似てる」という章だろう。黒人のボーイフレンドが、いわれのない差別に遭った時、なり振りかまわず猛然と抗議し守り抜く詠美。その姿を見た彼が「もっと慎重になれ」と愛情と少々の皮肉を込めて言ったのが、この「アイダに似てる」だ。「アイダ」とは、先述の『もうひとつの国』の登場人物で、「黒人であるがために、愛情をきちんと受けとれなくなっている女性」として問題を抱えているが、ピュアで一本気でもある。ここでは、自分や最愛の人が遭遇した出来事に即し、解りやすい言葉で理路整然と、しかし激しく差別への怒りや哀しみが語られている。そこには、人種差別のみにあらず、ある社会で権力を持ちメインに位置する人間が、他を見下した時に生まれるこの世のあらゆる差別を憎み、哀しいくらい生真面目に、彼女の唯一絶対の言葉という武器によって猛烈に闘おうとしている姿がある。

山田詠美は、破天荒のようでいて、かなりストレートなモラリストでもあるのだった。（法政大学非常勤講師）

山田詠美 主要参考文献

紫安 晶

単行本

弘英正編『山田詠美「放課後の音符」を読む』（どらねこ工房、94・9）
松田良一『山田詠美 愛の世界―マンガ・恋愛・吉本ばなな』（東京書籍、99・11）

雑誌特集

「月刊カドカワ」（88・5）「総力特集 山田詠美 熱血ポンちゃん恋の履歴書」
山田詠美・木村由理江（構成）「山田詠美自身による山田詠美スペシャル」（「月刊カドカワ」91・10）
「本の話」（05・6）「特集デビュー二十周年 山田詠美の世界」
「文芸」（05・8）「特集 山田詠美」

論文・評論

竹田青嗣「山田詠美論―至近の目」（「文芸」86・12）
高田桂子「少女たちはどこへ行くのか―山田詠美を読んで―」（「日本児童文学」89・11）
加藤多一「山田詠美の作品二冊」（「教育史・比較教育論考」90・1）
大里恭三郎「山田詠美の世界を覗く―森村ちかと早月葉子―」（「静岡近代文学」90・8）
栗坪良樹「「山田詠美」論―感情教育と〈私〉について」（長谷川泉編『〈国文学解釈と鑑賞別冊〉女性作家の新流』至文堂、91・5）
田中 実「フェティシズムの誕生―『風葬の教室』」（「解釈と鑑賞」91・8）
池澤夏樹「倫理と人工言語―山田詠美試論」（「文学界」92・2）
深谷純一「「風葬の教室」（山田詠美）を授業でよむ」（「日本文学」93・4）
武藤康史「入試問題の山田詠美」（「新潮」93・5）
新井豊美「背骨のうごく時 山田詠美『ぼくは勉強ができない』」（「早稲田文学」93・8）
沼野充義「「女にもてる」と「勉強ができる」ではどっちがいいんだろう 山田詠美『ぼくは勉強ができない』」（「早稲田文学」93・8）
白瀬浩司「山田詠美『風葬の教室』の授業をめぐっ

て」(「大谷中・高等学校研究紀要」93・12)

佐藤洋一「山田詠美『晩年の子供』論―〈倒錯〉と〈関係〉の中の存在感覚―」(「国語国文学報」94・3)

梨木昭平「フェミニズム文学批評の可能性②―女性作家・山田詠美「風葬の教室」の場合」(「月刊国語教育」94・8)

テッド・グーセン「「他者」の世界に入るとき―山田詠美と村上龍の外人物語をめぐって」(鶴田欣也編『日本文学における〈他者〉』新曜社、94・11)

井上　健「人工的亡命文学の生成―島田雅彦と山田詠美における〈他者〉」(鶴田欣也編『日本文学における〈他者〉』新曜社、94・11)

増田正子「『風葬の教室』(山田詠美)を読む―少女「杏」の死と再生の物語―」(「日本文学」95・6)

酒寄進一「山田詠美の中の「懐かしい子供」」(「ぱるる」95・9)

土屋　忍「肉体の記憶としてのバリ―山田詠美『熱帯安楽椅子』論―」(「日本近代文学」96・10)

久野通広「性の放縦で差別から自由になれるか―『アニマル・ロジック』が描くモラルの世界」(「民主文学」96・11)

Richard Okada(訳・大野雅子)「主体をグローバルに位置づける―山田詠美を読む」(「日米女性ジャーナル」97・2)

志村有紀子「山田詠美の少女像―『放課後の音符』『風葬の教室』『蝶々の纏足』をめぐって」(「学芸国語教育研究」97・9)

柴田勝二「〈家族/反家族の肖像〉「日常」の成立―『ジェシーの背骨』(山田詠美)」(「解釈と教材の研究」97・10)

岡田孝子「現代文学のなかの日本の川―山田詠美著「晩年の子供」より」(「季刊河川レビュー」99・5)

大塚英志「〈サブ・カルチャー文学論第八回〉移行対象文学論、あるいは山田詠美と銀の匙」(「文学界」99・6)

清水良典「山田詠美は姐御気質のモラリストである」(『文学がどうした!?』毎日新聞社、99・6)

清水良典「アメリカの人種問題を正面から描いた、山田詠美『アニマル・ロジック』」(『最後の文芸時評』99・7・7←共同通信配信)

牛山　恵「山田詠美「ひよこの眼」の教材価値」(『〈新しい作品論〉へ、〈新しい教材論〉へ6・文学研究と国語教育研究の交差』右文書院、99・7)

神田由美子「「ひよこの眼」」(『〈新しい作品論〉へ、〈新しい教材論〉へ6・文学研究と国語教育研究の交差』右文書院99・7)

有田和臣「山田詠美『放課後の音符』の位相―女子高生ブームと「ニュー不良」の自立―」（「稿本近代文学」99・12）
町田志朗「山田詠美研究序説―その足跡、並びに年譜・作品年表―」（「成蹊国文」00・3）
井山直子「山田詠美の小説に見る「恥ずかしい」とその周辺の語彙」（「東京成徳国文」01・3）
佐藤 愛「黒人とチョコレート―山田詠美『ベッドタイムアイズ』論―」（「芸術至上主義文芸」01・11）
松田良一「山田詠美とマンガ―マンガ家吉田秋生と「大人の感性」をめぐって―」（「椙山国文学」02・3）
白瀬浩司「心の《皮むき》のために・《先生》の皮むき―山田詠美『賢者の皮むき』の授業（1）（2）」（「月刊国語教育」02・6、7）
権田浩美「『ベッドタイムアイズ』論―ソウルフードsoul food の〈記憶〉」（「愛知論叢」02・9）
花田俊典「〈特集 脇役たちの日本近代文学〉伊藤友子 山田詠美「ぼくは勉強ができない」」（「敍説」03・1）
小林 翼「山田詠美作品における理想の「女性像」論」（「昭和学院国語国文」03・3）
城間紀美子「山田詠美作品の研究「風葬の教室」論」（「沖縄国際大学語文と教育の研究」03・3）
原田恵美子「山田詠美の外国語・外来語表現―『ベッドタイムアイズ』を中心として―」（「岡大国文論稿」03・3）
古谷鏡子「山田詠美・言葉のなかの関係の相―『ベッドタイムアイズ』と『蝶々の纏足』のあいだで」（「新日本文学」03・4）
旭爪あかね「9・11以後の日常を生きのびる 山田詠美著「PAY DAY!!!」」（「民主文学」03・9）
花田俊典「教科書に載る小説、載らない小説―芥川龍之介「羅生門」と山田詠美「ぼくは勉強ができない」」（「九大日文」04・4）
布村育子「老成する少女 山田詠美『晩年の子供』」（「青少年問題」04・10）
秋山公男「『ベッドタイムアイズ』」（山田詠美）―性の原質」（『近代文学 性の位相』翰林書房、05・10）

書評・解説・その他

江藤淳・河野多恵子・小島信夫・野間宏「昭和六〇年度文芸賞発表」（「文芸」85・12）
松本鶴雄「〈文芸時評〉濃密感のある純愛小説「ベッドタイムアイズ」」（「図書新聞」85・12・28）
山田詠美「私が文学と黒人を愛するワケ」（「婦人公論」

86・1）
中田耕治「80年代文学のあたらしい視点　山田詠美著　ベッドタイムアイズ」（「図書新聞」86・2・8）
高井有一・三枝和子・三木卓「〈創作合評〉指の戯れ　山田詠美」（「群像」86・3）
山田詠美「『ベッドタイムアイズ』の著者山田詠美が語る」（「MORE」86・7）
佐藤洋二郎「コカコーラの眩暈に似て　山田詠美著　指の戯れ」（「図書新聞」86・7・12）
吉行淳之介・開高健・安岡章太郎・田久保英夫・古井由吉・遠藤周作・三浦哲郎・水上勉「芥川賞選評」（「文芸春秋」86・9）
大田佳子「男と女の芯にある熱く…　山田詠美著　ハーレム・ワールド」（「図書新聞」87・3・21）
安宅夏夫「キャパシティの大きな新女類の新編　山田詠美著　ハーレムワールド　蝶々の纏足」（「週刊読書人」87・3・30）
大塚英志「《まんが》の影響下に入った《文学》」（「週刊読書人」87・8・17）
三枝和子「親近と異和のあいだで　山田詠美『カンヴァスの柩』」（「文学界」87・10）
白石かずこ「コトバの肉体化、ドライな感性　直木賞作家・山田詠美小論」（「週刊読書人」87・10・26）
小島信夫・山田詠美「〈特別対談〉「性」を視座として」（「文学界」87・11）
菊田　均「世間を意識した奇妙な小学生　山田詠美著　風葬の教室」（「週刊読書人」88・5・2）
山田詠美・如月小春「〈如月小春インタビュー〉はな子さんの文学探検　最終回」（「すばる」88・6）
諏訪　優「動物的直観で生きる女　ひざまずいて足をお舐め　山田詠美著　I AM BEAT ぼくはビート」（「週刊読書人」88・9・26）
久保田正文「『ＦＵＣＫ』の衝撃―山田詠美『ベッドタイムアイズ』」（「新潮45」88・10）
井上ひさし・山田詠美「〈対談〉見事な一作が書けたら廃業してもいい」（「朝日ジャーナル別冊」89・7・5）
丹羽文雄・佐伯彰一・河野多恵子・奥野健男・竹西寛子・青野聰「第十七回平林たい子文学賞選評」（「群像」89・8）
田中康夫・山田詠美「〈対談〉文学の毒と快楽」（「文芸」89・12）
林あまり「ごく自然に寄り添った男と女が…　山田詠美著　チューイングガム」（「図書新聞」91・2・23）
池内　紀「〈文学界図書館〉とびきり美しい現代の聖女

伝　山田詠美著『トラッシュ』」（「文学界」91・3）

小林広一「「自分」という危い現象　山田詠美著　トラッシュ」（「週刊読書人」91・4・8）

川村　湊「〈今月の文芸書〉『晩年の子供』山田詠美」（「文学界」91・12）

小島信夫・秋山駿・木崎さと子「〈創作合評〉口と手　山田詠美」（「群像」92・2）

山田詠美・吉本ばなな「〈対談〉恋愛小説のゆくえ」（「文芸」92・2）

川島　誠「テキストからブンガクへ　山田詠美著　ぼくは勉強ができない」（「週刊読書人」93・5・24）

千石英世「〈今月の文芸書〉山田詠美『ぼくは勉強ができない』」（「文学界」93・6）

石原慎太郎・山田詠美「〈対談〉風俗と文学」（「新潮」93・8）

山田詠美・与那覇恵子（聞き手）「〈インタビュー〉山田詠美の肖像」（「鳩よ！」93・12）

平岡篤頼「〈書評〉快楽のねじれた隘路　山田詠美『快楽の動詞』」（「群像」94・2）

千石英世「〈今月の文芸書〉山田詠美『120% COOOL』」（「文学界」94・6）

柳原由紀子・椿井里子編「山田詠美作品および関連目録」（「賊徒」95・3）

青山　南「英語になったニッポン小説　山田詠美の『トラッシュ』（上）（下）」（「すばる」95・5、6）

山田詠美「〈インタビュー〉気持ちよく120% COOOLに暮らす」（「GQ Japan」96・3）

大岡　玲「〈ザ・グッド・ブック〉山田詠美『アニマル・ロジック』」（「群像」96・6）

山田詠美・佐伯一麦「〈対談〉シンプルで透明なところへ―『アニマル・ロジック』をめぐって」（「新潮」96・6）

越川芳明「〈文学界図書館〉異文化理解のための「政治的に正しいおとぎ話」山田詠美著『アニマル・ロジック』」（「文学界」96・7）

絓秀実・川村湊・大杉重男「〈創作合評〉高貴な腐蝕　山田詠美」（「群像」96・10）

久保田裕子「山田詠美」（榎本正樹・近藤裕子・宮内淳子・与那覇恵子編『大江からばななまで　現代文学研究案内』日外アソシエーツ、97・4）

菅野昭正・増田みず子・山城むつみ「〈創作合評〉眠りの材料　山田詠美」（「群像」97・6）

山田詠美・奥泉光「〈対談〉〈特集〉小説家入門　小説を書くこと、読むこと」（「〈週刊朝日別冊〉トリッパー」

97・6）
芳川泰久「〈Book Garden〉メチエの歓び　スキルの苛立ち　山田詠美『4Uヨンユー』」（「すばる」97・10）
山田詠美・花村萬月「〈新芥川賞作家特別対談〉「「愛と暴力」の彼方に」（「文学界」98・9）
黒井千次・増田みず子・富岡幸一郎「〈創作合評〉最後の資料　山田詠美」（「群像」99・2）
清水良典「コンセプチュアルなフェロモン　山田詠美……【マグネット】」（「群像」99・6）
野中　柊「具体性と正確さの追及『マグネット』山田詠美」（「新潮」99・6）
長谷部浩「〈文学界図書館〉技芸の行方　山田詠美『マグネット』」（「文学界」99・7）
さかもと未明「〈味読・愛読　文学界図書館〉「A2Z」辛口な「夫婦小説」」（「文学界」00・5）
高井有一・加藤典洋・藤沢周「〈創作合評〉MENU　山田詠美」（「群像」00・10）
川上弘美・山田詠美「〈対談〉体験的文学論　恋愛小説のおいしい楽しみ方は…」（「婦人公論」01・3・22）
川本三郎「山田詠美　姫君　恋愛は厄介で、疲れるものだけれど…」（「週刊文春」01・7・5）
高橋源一郎「〈週刊図書館〉山田詠美は小説が美味い」（「週刊朝日」01・7・13）
久米依子「山田詠美」（川村湊・原善編『現代女性作家研究事典』鼎書房、01・9）
清水良典「死によって発動された愛のメタフィジクス　山田詠美……【姫君】」（「群像」01・9）
山田詠美・島田雅彦・奥泉光「〈緊急特別座談会〉小説家がつくる「国語」教科書宣言」（「文学界」02・7）
山田詠美・江國香織「〈新年特別対談〉恋愛小説の愉しみ、恋愛の醍醐味」（「IN POCKET」03・1）
村上龍・山田詠美「〈対談〉ペイ・デイのある人生」（「波」03・4）
山田詠美・吉村萬壱「〈芥川賞新受賞者対談〉存在の恐怖と快楽」（「文学界」03・9）
川村二郎・秋山駿・加藤典洋「〈創作合評〉間食　山田詠美」（「群像」04・2）
高橋源一郎・山田詠美「〈対談〉「顰蹙」こそ文学」（「群像」05・1）
蜂飼　耳「心を尽くす人々の味「風味絶佳」山田詠美」（「群像」05・8）
有田和臣「研究動向　山田詠美」（「昭和文学研究」05・9）

（武蔵野大学学生）

山田詠美 年譜

久米依子

一九五九（昭和三十四）**年**
二月八日、東京板橋区に、帝国繊維勤務の父山田隆康と母富美子の長女として生まれる。本名、山田双葉。のち妹の葉子と由紀子が生まれる。父親の転勤で、二歳から札幌をはじめ、各地を転居。

一九六五（昭和四十）**年　六歳**
四月、石川県加賀市立南郷小学校入学。六月には静岡県に転居し磐田市立磐田南小学校に転入。

一九六九（昭和四十四）**年　十歳**
八月、栃木県鹿沼市に転居し、鹿沼市立東小学校に転入。七一年鹿沼市立東中学校入学。

一九七四（昭和四十九）**年　十五歳**
四月、栃木県立鹿沼高校入学。文芸部に所属する。

一九七八（昭和五十三）**年　十九歳**
四月、明治大学文学部日本文学科に入学（この入学年はいしかわじゅんのエッセイから算出）。漫画研究会に所属し、機関誌に作品を発表。同学年の部員に片山まさゆきがいた。OBのいしかわじゅんに、劇画誌を紹介してもらう。

一九七九（昭和五十四）**年　二十歳**
エロティック劇画誌『漫画エロジェニカ』『漫画ラブ&ラブ』に漫画作品を掲載。エロ漫画を描く女子大生としてテレビや雑誌にも取り上げられる。翌年、仕事が忙しくなり大学を休学。

一九八一（昭和五十六）**年　二十二歳**
四月、明治大学を中退。少女誌『ギャルズコミック』に漫画作品を掲載し始める。十一月、漫画単行本『シュガー・バー』（けいせい出版）刊行。ホステス業やSMクラブのクィーン、雑誌のヌードモデル、アダルトビデオの仕事なども体験する。

一九八四（昭和五十九）**年　二十五歳**
秋に、米軍横田基地に勤務するアフリカ系アメリカ人で八歳年長のキャビン・ウィルソン技術軍曹と知り合い、ウィルソン軍曹の連れ子の少年とともに同棲を始める。

一九八五（昭和六十）**年　二十六歳**
雑誌『文芸』の「文芸賞」に応募した「ベッドタイムアイズ」が受賞、十二月号に掲載される。ペンネームに山田詠美を使用。選考委員の江藤淳は「到底凡庸の才のよくするところではない」と絶賛、河野多惠子は「未踏の真実を的確に生みだし」たと評価した。十一月、『ベッドタイムアイズ』（河出書房新社）刊。作者の経歴がジャーナリズムでスキャンダラスに取り上げられた。

一九八六年（昭和六十一）**年　二十七歳**

第九十四回芥川賞の候補に「ベッドタイムアイズ」、九十五回候補に「ジェシーの背骨」（『文芸』夏号）が挙げられたが、前者は「バラツキのある作品」（吉行淳之介）、「心をうつものが残らぬ」（水上勉）と評され（『文芸春秋』三月）、後者は「いけないハッピー・エンド」（開高健）、「結末の和解がやはり唐突」（三浦哲郎）などと評され（『文芸春秋』九月）受賞に至らなかった。四月、『指の戯れ』（河出書房新社）、七月、『ジェシーの背骨』（同社）刊。

一九八七年（昭和六十二）**年　二十八歳**

一月、『蝶々の纏足』（河出書房新社）刊。同作は三度目の芥川賞候補（第九十六回）となるが、「話がまともで通俗的」（水上勉）、「作者の手つきが見えてしまう」（吉行淳之介）と評され（『文芸春秋』三月）三期連続して受賞を逃す。二月、『ハーレムワールド』（講談社）刊。五月、ソウル・ミュージックの曲名を題名にした連作短編集『ソウル・ミュージック・ラバーズ・オンリー』（角川書店）を刊行、同作品集で第九十七回直木賞を受賞。「新鮮な筆致」（黒岩重吾）、「華麗な軟体動物のような文体」（田辺聖子）が評価された（『オール讀物』十月）。受賞直前の七月七日、ウィルソン軍曹が三月に帰宅途中の女性を自宅に引きずり込んだという婦女暴行致傷罪で起訴される。受賞インタビューでこの件を問われ「私の男が留置場に入ったくらいでガタガタ騒がないで」と一蹴（『毎日新聞』『朝日新聞』七月十七日）。過去のヌード写真を掲載した雑誌『平凡パンチ』に抗議。六月、『熱帯安楽椅子』（集英社）、八月、『カンヴァスの柩』（新潮社）刊。この夏、横田基地勤務のアフリカ系アメリカ人で七年歳下のクレイグ・ダグラスを知る。十月、ベスト・フットワーカーズ賞受賞。

一九八八年（昭和六十三）**年　二十九歳**

三月、エッセイ集『私は変温動物』（講談社）、『風葬の教室』（河出書房新社）、八月、『ぼくはビート』（角川書店）、『ひざまずいて足をお舐め』（新潮社）、十二月、『ＨＥＲ』（角川書店）刊。

一九八九年（平成一）**年　三十歳**

一月、ニューヨークブロンクスのダグラスの実家で婚約。四月、『フリーク・ショウ』（角川書店）、六月、エッセイ集『セイフティボックス』（講談社）刊。『風葬の教室』で平林たい子文学賞を受賞、「全部が小説の骨法にかなっている」（奥野健男）、「正攻法の作品」「とにかく文章がいい」（竹西寛子）などと評価された（『群像』八月号）。十月、『放課後の音符《キイノート》』（新潮社）刊。

一九九〇年（平成二）**年**　**三十一歳**

二月、ダグラス軍曹と結婚。四月、ニューヨークの教会で挙式。四月、エッセイ集『熱血ポンちゃんが行く！』（角川書店）、十二月、『チューイングガム』（角川書店）刊。この年から『文学界』新人賞、『小説現代』新人賞の選考委員。

一九九一年（平成三）**年**　**三十二歳**

二月、『トラッシュ』（文芸春秋）、四月、『色彩の息子』（新潮社）、エッセイ集『メイク・ミー・シック』（集英社）、十月、『晩年の子供』（講談社）刊。『トラッシュ』が「すぐれた恋愛小説の圧巻」（田辺聖子）と評価され（十一月『婦人公論』）第三十回女流文学賞受賞。十二月、『ラビット病』（新潮社）、中沢新一との対談集『ファンダメンタルなふたり』（文芸春秋）刊。

一九九二年（平成四）**年**　**三十三歳**

二月、エッセイ集『熱血ポンちゃんが行く！2』（角川書店）、三月、『24・7（トゥエンティフォー・セブン）』（角川書店）、四月、対談集『内面のノンフィクション』（福武書店）刊。

一九九三年（平成五）**年**　**三十四歳**

三月、『ぼくは勉強ができない』（新潮社）、十月、エッセイ集『誰がために熱血ポンちゃんは行く！』（角川書店）、十二月、『快楽の動詞』（福武書店）刊。

一九九四年（平成六）**年**　**三十五歳**

三月、『120％COOL』（幻冬舎）刊。

一九九五年（平成七）**年**　**三十六歳**

十月、エッセイ集『嵐ヶ熱血ポンちゃん！』（講談社）刊。

一九九六年（平成八）**年**　**三十七歳**

四月、『アニマル・ロジック』（新潮社）刊。同作で第二十四回泉鏡花文学賞受賞。

一九九七年（平成九）**年**　**三十八歳**

五月、エッセイ集『路傍の熱血ポンちゃん！』（講談社）、八月、『4U』（幻冬舎）刊。

一九九八年（平成十）**年**　**三十九歳**

八月、対談集『メン アット ワーク』（幻冬舎）刊。

一九九九年（平成十一）**年**　**四十歳**

一月、エッセイ集『熱血ポンちゃんは二度ベルを鳴らす』（講談社）、四月、『マグネット』（幻冬舎）刊。

二〇〇〇年（平成十二）**年　四十一歳**

一月、『A2Z』（講談社）刊。この年から野間文芸新人賞、山本周五郎賞選考委員。

二〇〇一年（平成十三）**年　四十二歳**

一月、エッセイ集『熱血ポンちゃんが来りて笛を吹く』（講談社）刊。二月、『A2Z』が「日本の風俗を上手にあつかった粋な喜劇」（丸谷才一『読売新聞』二月一日）と評価され読売文学賞（第五十二回）受賞。六月、『姫君』（文芸春秋）刊。この年から夫のダグラスは勉学のため米国に居住。

二〇〇二年（平成十四）**年　四十三歳**

一月、写真小説集『巴里製皮膚菓子』（幻冬舎）、二月、瀬戸内寂聴との対談集『いま聞きたいいま話したい』（中央公論新社）、十月、エッセイ集『日はまた熱血ポンちゃん』（講談社）刊。

二〇〇三年（平成十五）**年　四十四歳**

三月、『ＰＡＹＤＡＹ!!!』（新潮社）刊。上半期の芥川賞（第百二十九回）から、選考委員。九月、ピーコとの対談集『ファッションファッショ』（講談社）刊。

二〇〇四年（平成十六）**年　四十五歳**

十一月、エッセイ集『ご新規熱血ポンちゃん』（新潮社）刊。

二〇〇五年（平成十七）**年　四十六歳**

五月、『風味絶佳』（文芸春秋）刊。同作で第四十一回谷崎潤一郎賞受賞。九月、ピーコとの対談集『ファッションファッショマインド編』（講談社）刊。

〔注記〕作成にあたり、松田良一『山田詠美　愛の世界』（一九九九・十一、東京書籍）、町田志朗「山田詠美研究序説」（二〇〇〇・三『成蹊国文』三十三号所収）、いしかわじゅんのエッセイなどを参照した。

（目白大学助教授）

現代女性作家読本 ⑨
山田詠美
発 行――二〇〇七年三月一〇日
編 者――原 善
発行者――加曽利達孝
発行所――鼎 書 房 http://www.kanae-shobo.com
〒132-0031 東京都江戸川区松島二-一七-二
TEL・FAX 〇三-三六五四-一〇六四
印刷所――イイジマ・互恵
製本所――エイワ
表紙装幀――しまうまデザイン
ISBN4-907846-40-1 C0095

現代女性作家読本（全10巻）

原　善編「川上弘美」
高根沢紀子編「小川洋子」
川村　湊編「津島佑子」
清水良典編「笙野頼子」
清水良典編「松浦理英子」
与那覇恵子編「髙樹のぶ子」
高根沢紀子編「多和田葉子」
川村　湊編「柳美里」
原　善編「山田詠美」
与那覇恵子編「中沢けい」

現代女性作家読本　別巻①
武蔵野大学日文研編「鷺沢萠」